윤경희   산문집 『분더카머』를 쓰고, 앤 카슨의 『녹스』와 그림책
　　　　　몇 권을 옮겼다.

그림자와 새벽
Shadows and Dawn

—

윤경희

시간의흐름。

앞서 가는 것의 그림자이며
뒤따르는 것의 새벽에
바가텔

일러두기

- 단행본은 『　』, 잡지는 《　》, 신문과 시, 논문은 「　」로, 영화와 곡명,
  작품명은 〈　〉로 표시했다.
- 외래어 표기는 국립국어원 외래어표기법에 따랐으며
  관례로 굳어진 것과 입말이 더 많이 쓰이는 경우는 예외로 두었다.

차례

조약돌
약
돌

단
추
와

2020년 4월 23일의 꿈

19세기의 드넓은 초지에 고립되어 살면서 꽃가루의 문법으로
글을 쓰는 사람.

2018년 10월 26일의 꿈

젖어서 무거운 나방의 날개를 단 마르고 슬픈 소년이 사전의
틈으로 추락한다. 그는 어떤 단어의 첫 번째 의미와 두 번째
의미 사이에 그늘을 만들며 섰다. 그래서 그는 그 단어의
두 번째 의미가 되었고, 본래 두 번째 의미였던 것은 세 번째
의미로 밀려났다.

2021년 1월 26일의 꿈

다른 숲에 사는 그와 수업으로 연결되기로 했다. 가느다란
대나무를 반으로 쪼개서 이은 다리에 그가 마른 찻잎을 쏟으면
찻잎이 반원의 홈을 스치며 나에게로 오는 것이 수업이다.
일종의 종이컵 전화다. 대나무의 내벽을 긋는 찻잎 소리로 그의
이야기를 청해한다.

2018년 7월 26일의 꿈

열대야에 나란히 누웠다. 내가 손을 잡자 그는 변한다.
청자 쟁반 위에서 저민 코코넛, 무화과, 마롱 글라세, 그리고
흩뿌려진 아몬드와 꽃잎의 샐러드로. 너만이라도 시원해져
다행이라고 안심한다.

이런 이야기가 있다.

가난한 마녀가 있었다. 어느 날 마녀는 몹시 배가 고팠는데, 가진 것이라고는 조약돌 하나뿐이었다. 궁리 끝에 마녀는 마을 광장으로 나가 불을 피우고, 솥단지를 내걸고, 끓는 물에 조약돌을 넣고, 국자로 휘휘 저었다. 마을 사람들이 하나둘씩 모여들어서 무슨 일인지 궁금해했다. 마녀는 말했다. 수프를 끓이려고요, 돌멩이 하나로 수프를 끓이는 마법을 부릴 수 있지요. 사람들은 놀라서 물었다. 아니, 돌멩이 하나로 어찌 수프를 끓일 수 있다는 말이오. 마녀는 대답했다. 제 말이 믿기지 않거든 감자를 조금만 가져와보세요. 누군가 호기심에 감자를 가져왔다. 마녀는 솥에 감자를 넣고 말했다. 아주 좋아요, 이제 당근도 조금 필요해요. 누군가 집에서 당근을 가져왔다. 마녀는 당근을 넣고 말했다. 거의 다 되어가요, 소금과 후추를 조금만 치면 더 맛있어지겠네요. 사람들은 소금과 후추를, 굳은 빵을, 양배추를, 월계수 잎을, 콩을 자꾸자꾸 가져왔고, 마녀는 무엇이든 솥에 넣고 보글보글 끓였다. 마침내 아주 맛있는 조약돌 수프가 솥단지 가득 완성되었고, 마녀와 마을 사람들은 즐겁게 나눠 먹었다.

많은 사람이 한 번쯤 들어보았을 이 이야기를 나는 어른이 되고 나서야 새로 들었다. 어릴 때 정말 읽은 적

13

이 없는지, 아니면 너무나 오래전이라 까맣게 잊었는지 확실하지 않지만, 어쨌든 유년기의 독서에 공백이 있다는 게 부끄러워서 뒤늦게 이것저것 찾아보았다.

이야기는 원저자를 추적할 수 없는 구전 민담이고, 따라서 다양한 이본들이 있다. 재미있는 사실이 몇몇 드러났는데, 우선 수프의 첫 재료는 조약돌 외에 단추, 나무토막, 심지어 도끼까지 있다는 점이다. 그리고 곤궁에 처해 꾀를 낸 사람은 마녀가 아니라 떠돌이 수도사, 나그네, 부랑인, 전쟁이 끝나 귀향하는 병정이고, 그에게 먹을거리를 가져다주는 인물은 농가의 아이들, 혼자 사는 노파, 지주와 하인들 등이다. 이야기가 널리 퍼지면서 배경도 프랑스 노르망디, 스위스 취리히, 영국과 대서양 너머 미국으로까지 옮아갔다. 고장마다 식습관이 다른 만큼, 수프에 들어가는 재료도 풍토와 입맛에 맞게 조금씩 달라졌다. 결말도 조금씩 달라서, 어떤 이야기에서는 요리사가 조약돌을 마을 사람에게 감사의 선물로 주고, 어떤 이야기에서는 솥에서 꺼내 멀리 던져버린다. 어떤 경우든 자기가 갖지는 않는다.

나는 이 이야기에 단숨에 매혹되었는데, 왜냐하면 수프는 마치 언어처럼, 그리고 수프 끓이기는 글쓰기와 문학 행위의 완벽한 비유처럼 다가왔기 때문이다.

충동에서 시작되는 글이 있다. 어떤 사람에게는 글을 쓰고 싶다는 열망이 본능적인 배고픔과 같아서, 아무리 정처 없이 궁핍해도, 자기가 인간답게 살고 있다고 확신하려면 그것을 최소한이나마 반드시 충족시켜주어야 한다. 무엇을 어떻게 써야 할지 불안하고 어렴풋한 상태에서, 단추인지 조약돌인지 정확한 실체는 중요하지 않으니, 자기의 삶과 존재에 직결되는 낱말을 세계의 주머니 밖으로 꺼내놓는 데서부터 글은 풀려나간다. 또한 글쓰기는 타인과 미적인 관계를 형성하는 행위여서, 마녀나 나그네가 온화하고 공순하게 그러하듯, 문장과 서사의 기교와 효과에 주의를 기울이고, 그럼으로써 독자를 품위 있게 유혹할 수 있어야 한다. 글쓰기는 커다란 솥단지에 수프 끓이기처럼 자기의 허기를 메울 뿐만 아니라 타인에게도 온기와 즐거움을 나누어주는 일인 것이다.

이 이야기의 가장 본질적인 매력과 생명력은 모호함과 비결정성에 있다. 이야기는 언제 어디서 누가 처음으로 지어냈는지, 주인공은 어디에서 온 누구이고 주변 인물은 어디 사는 누구인지, 수프는 무엇으로 끓이는지, 모든 요소들이 흐릿하게 지워졌다. 그리고 바로 이처럼 확정되지 않은 기원과 기억의 공백 덕분에, 마치 내가 막연한 선입견에 따라 주인공을 마녀로 착오했듯, 누구든 다시 지어내고 다시 쓸 수 있게 된다. 조그맣고 단단한 원재료 하나에서 출발하여 언제든 무엇으로든 새로 끓일 수 있는 수프처럼, 문학은 인간 공동체의 언어를 다 담아내면서 매 순간 새로 형성된다. 단추인지 조약돌인지 모호하지만 그래도 아름다운 자양의 이야기가 풀려 나올 최초의 말. 우리는 누구의 것도 아 닌 그것을 하나 꺼내놓음으로써 누구나 보태고 나눌 글 쓰기를 시작한다.

잔상과
감광

2017년 7월 18일의 꿈

A.의 죽음이 일주일 남았다. 우리는 기념사진을 찍기로 했다.
붉은 꽃이 시든 언덕으로 몰려가며 A.가 좋아하는 것과 원하는
것의 리스트를 낭독했다. 예정된 죽음이어서인지 아무도
슬퍼하지 않았다. 왁자지껄했다. 리스트 속에 한마디가 있는지
바랐다.

2020년 2월 17일의 꿈

네가 사진을 보내줄 때마다 꽃잎처럼 깎은 자개 비늘이 살에
박혔다. 나는 파충류인가, 어류인가, 패각류인가, 인간인가,
동물인가, 식물인가, 가구인가. 자개 비늘을 뽑아 화투를 쳐도
될 것 같았다. 나는 화투를 못 친다. 배우면 된다.

2019년 11월 30일의 꿈

H.와 M.의 공동 전시회를 보러 갤러리에 갔다. 도착하자 갑자기
시야가 흐려져서 유리문에 붙은 포스터를 잘 알아볼 수 없었다.
붉은 단풍잎 아이를 업고 다시 갤러리에 갔다. 단풍잎 아이가
잎손으로 내 눈을 닦아주어서 쇼윈도가 깨끗하게 보였다.
하지만 포스터는 더 이상 없었다.

2016년 4월 15일의 꿈

파란 대야에 용액을 채우고 인화지를 두르면 운동장의
연속 사진이 생겨납니다. 야간 경기를 하고 있군요. 역동적
조에트로프가 되는 거지요.

눈은 스스로 빛나는 것, 빛을 맞아들여 반사하는 것, 그리고 빛이 없는 것에 자극받는다. 빛과 어둠은 안구 표면의 각막, 동공, 수정체를 투과해 망막에 닿는다. 망막은 간상세포, 원추세포, 색소상피세포 등으로 구성된 조밀한 감광층이다. 고해상도 형광현미경으로 관찰하면 밤의 야생화 들판 또는 심해의 발광 산호군과 닮았다. 망막 광수용체는 외부 자극으로 생성된 시각 정보를 시신경으로 모은다. 시신경은 두 개의 안구에서 채록된 정보를 뇌에 전달한다. 뇌는 섬세하고 복잡한 수용, 전달, 변환 작용을 수행하며 세계 속 빛과 어둠의 대상을 인식한다. 그것의 위치, 그것의 형태, 그것의 색, 그것의 움직임, 그것과 눈의 거리. 이미지라는 것이 맺힌다. 비로소.

시간이 걸린 일이다. 본다는 것은. 빛이 달려, 물상에 부딪힌 다음, 안구에서 굴절되어, 이미지를 이룰 때까지는. 어둠이 퍼져, 망막으로 흡수되어, 나약하나마 확실한 존재감을 주장할 때까지는. 이 모든 작용은 동시에, 찰나에, 완수되지 않는다. 시간이 필요하다.

빛, 어둠, 현상, 사물은 각자의 속도로 움직인다. 밝아지거나, 어두워지거나, 나타나거나, 사라지는데, 빠르거나, 느리게. 그러므로 본다는 것은 세계 속 운동하는 모든 것들의 속도 차를 지각하는 일이기도 하다. 삼라만상에 시간의 격차가 있다. 태양광이 지표면에 도달하는 데는 8분 20초 내외. 뉴호라이즌스 호가 명왕성을 촬영하고 전송하는 데는 약 4시간 30분. 언제나 뒤늦게, 언제나 과거의, 그것들을 보는 눈꺼풀, 홍채, 망막, 시신경, 뇌도 결코 동시에 활동하는 법이 없다. 시지각에 관여하는 수억 세포들은 제각기 밀리초 단위로 반응한다. 정물 한 점을 분간하는 데도 초미세한 운동들의 시차가 발생하는 것이다.

안구는 발달하고, 노화하다, 병들거나, 기능을 잃기도 한다. 시간의 감각이 달라진다. 낮과 밤만 간신히 느끼게 될 수도 있다. 식물과 닮을 것이다.

이미지는 자극원이다. 자극은 정도 이상 지속되면 피로를 야기한다. 피로는 신체의 활동과 기능을 둔화시킨다. 눈은 예민한 기관이고 피로에 취약하다. 망막은 빛나는 것과 움직이는 것에 쉬이 피로해진다. 정보 수집과 전달 기능이 둔화된 감광 세포층은 상이한 속도로 연잇는 빛, 어둠, 운동, 정지의 물상들에 민첩하게 반응하지 못한다. 세계와 나 사이에 시간의 격차가 발생한다. 내 안에 미처 소제되지 못한 정보가 잔류한다. 세계에서 사라졌는데 내 안에서는 여전히 사무치는 것이 있다. 부유하며. 명멸하며. 빛나던 것이 갑작스러운 어둠 속에 여전히 보인다. 보았던 것이 보이는 것에 잔존한다. 영상이 중첩되면서 정지된 것조차 운동하는 것만 같다. 죽은 것이 산 것만 같다. 잔상이라 한다.

저녁 무렵 어느 여인숙에 들어왔는데, 훤칠한 아가씨가 있어, 눈부시게 하얀 얼굴에 검은 머리카락, 진홍색 보디스를 입고서는, 나에게 방을 안내해줄 때, 나는 내게서 조금 떨어져 옅은 그늘에 선 그녀를 면밀히 주시했다. 그녀가 자리를 떠나간 다음, 지금, 내 맞은편의 흰 벽에서 나는 밝은 빛무리로 둘러싸인 검은 얼굴을 보았으며, 온전하고 또렷한 형체의 옷 부분은 화사한 청록색으로 나타났다.[1]

눈을 감고 머릿속에 극장을 열고 상상해 보아. 카메라 옵스쿠라. 어두운 방에 구멍처럼 빛이 드는데. 큰구슬우렁이 껍데기. 암전. 흰 플라스틱 말. 암전. 마른 감나무 잎사귀. 암전. 잿빛 자갈과 흰 돌조각. 암전. 흰삿갓조개 껍데기. 암전. 녹색 유리 주령구. 암전.

암전의 어둠은 균질하지 않다. 검은 바탕 위로 빛에 씻긴 사물의 실루엣이 나타난다. 잔상인가. 아니. 트릭. 그럼에도 마치 이렇다. 기억하기로는, 어린 날 물체 주머니에서 물체를 꺼내 감광지 위에 놓았다. 햇빛을 쬐어주었다. 종이 색이 짙어졌다. 물체를 들어냈다. 그것이 있던 자리가 또렷한 윤곽으로 희게 남았다. 햇빛에 그대로 두었다. 윤곽이 흐려지고 흰 부분이 짙어지며 배경에 흡수되었다. 사라졌다.

기억은 실제의 잔상이다. 무의식의 트릭에 취약하다. 오류일지라도 퇴고하지 않을 것이다. 트릭은 흑백을 분간하기보다는 착각을 향유하는 데 기질적으로 더 많은 열정을 쏟는 자들 사이의 약정이기 때문이다. 착각은 실감이고, 실감은 부인할 수 없는 것이기 때문이다.

풍경과 언어야말로 적극적으로 잔상을 만들어낸다. 다시 상상해 보아. 울창한 녹음을 바탕으로 흰 낱말들이 찍힌다. 읽는다. 낱말들이 사라진다. 흰 낱말들이 있던 나무 그늘에 검은 흔적이 떠오른다. 주의를 기울이면 여전히 읽을 수 있다. 흰 탁자를 바탕으로 검은 낱말들이 찍힌다. 읽는다. 낱말들이 사라진다. 검은 낱말들이 있던 평면에 잿빛 흔적이 부유한다. 주의를 기울이면 여전히 읽을 수 있다. 다리 많은 외골격 생물의 사체가 점점 바스라져가듯, 문자들은 때로 신속하게 서로를 연잇고, 그러면 물상의 운동과 안구의 운동의 속도 차로, 피로한 눈은 이미 지워진 말과 그 위에 새로 쓰인 말을 동시에 읽을 수 있다.

마른 겨울 숲의 잔가지들 사이로 새들이 날개를 친다. 충분한 시간이 지나. 장면을 바꾸면. 빛 든 벽에 핏줄처럼 검은 숲의 미동하는 잔영이 얹힌다.

녹음은 술렁인다. 잎사귀들이 세세하게 흔들린다. 물은 출렁인다. 센 바람에 파랑과 포말이 일고 눈송이들이 사선으로 내리꽂힌다. 검푸른 운동을 지속하는 숲과 바다. 그러다 이따금, 광막한 모래밭이 켜지면, 물결과 나뭇잎 떼의 진동에 조율된 눈은 혹시나 저것의 굴

26

곡도 흐르고 있지 않나, 저것은 정물의 풍경이 맞나, 그렇다면 이 미미한 멀미감은 왜인가.

잔상과 트릭. 스톱 모션 애니메이션의 원리를 알려주겠어요. 물체들을 내보이고, 컷, 조금씩 이동시키고, 컷, 감추는, 컷, 손. 작은 약병들이, 컷, 위치가 바뀌며, 컷, 약병 속의 색모래는, 컷, 불량한 화소들처럼, 컷, 하나씩, 컷, 꺼져가는, 컷, 손으로. 마술인가 싶겠지만 야바위나 다름없지요. 탁자 위에 장난감들을 늘어놓고, 천천히 잔을 덮어 조약돌을 숨겼다가, 안 보여요, 조개껍데기도 숨겼다가, 안 보여요, 남은 것들과 함께, 짐짓 이리저리 뒤섞어 옮기다가, 천천히 잔을 들어 올리고, 다시 보여요, 마음 가는 대로 줄을 세워봅니다.

운동을 저속으로 분해하면 보이지 않았던 것들이 보인다. 육안으로 포착하지 못했던 실제가 나타난다. 그러나 외부 자극과 안구 반응의 시차가 거의 없어 착오의 잔상은 생성되지 않는다. 육안으로 실감했던 것이 사라진다.

무엇을 놓치고 싶지 않은가. 실제 또는 실감 중에서. 무엇을 그리워하나.

우리는 우리의 깊은 곳에 표출되지 않은 채 방치된, 어린, 극도로 다친 소리의 나신을 헝겊으로 둘러싼다. 헝겊은 세 가지가 있다. 칸타타, 소나타, 포에마. 노래 부르는 것, 울려 퍼지는 것, 말하는 것.[2]

헝겊은 진물이 흐르는 상처를 감싸는 것, 부끄러운 나신을 가리는 것, 아이가 모체의 밤에서 빠져나와, 죽는 날까지 지속할 동물적 폐 호흡 특유의 리듬에 시동을 걸어, 고고성을 내지르며 자기 목소리를 처음으로 들을 때, 그를 둘러 덮는 것이다.[3]

모든 본 것, 들은 것, 겪은 것은 시간과 함께 휘발하며 잔여물을 발생시킨다. 우리 모두가 잘 알듯, 이미지와 이야기는 눈과 귀를 자극할 뿐만 아니라 호흡, 소화, 심장박동, 관절과 근육의 반응 동작 등 몸 전체의 생리에 영향을 미친다. 즉시, 또는 사후적으로. 시청각과 무관한 기관들이 비정상적으로 민활해지거나 걱정스럽게 아둔해진다. 이미지와 이야기에서 촉발된 감각에 감정과 사고와 욕망이 뒤엉킨 잔여물을 우리는 기억이라 이름 지었다.

이야기 속에서 자란다는 것은 어떤 체험인가.[4]

우리는 빛과 소리의 매개체다. 언어는 그것을 주고받는 자들의 마음에서 영상으로 감광된다. 상상하는 마음은 초음파 기기인 양 목소리의 진동을 빛의 파장으로 번역한다. 잔향은 뇌에서 홀로그램처럼 인화되고 투영된다. 기억 잔여물은 따라서 공감각적일 수밖에 없다. 들은 것이 마치 본 것인 듯, 본 것이 마치 만진 것인 듯,

만져본 것이 마치 여전히 있는 듯, 어슴푸레한 허공에 하염없이 손을 뻗어본다. 기억 잔여물의 일부는 따라서 착오적 허구이지만, 허구는 생성될 수밖에 없는 것이고, 생성된 것은 부인할 수 없다.

우리는 파토스의 매개체다. 우리가 이야기를 나눌 때, 네가 겪은 강렬한 사건이 나의 온 감각 능력을 일깨워 내 안에서는 허구의 영상이 생겨나고, 파동하는 그것의 자극에 힘입어 나 역시 네가 겪은 것을 너에 이어 겪는 것만 같다. 이야기는, 기억은, 역사는, 시차를 두고 그것을 공유하는 자들의 몸과 마음 안에 여진처럼 잔류한다. 그것을 담아내며 무한히 운동할 미적 형식을 고안하려는 데서 예술의 충동이 발생한다. 이야기의 여진은 이미지로 증폭되고 오브제의 물성을 입으면서 볼 수 있고 만질 수 있는 것으로 다시 살아난다. 살아나는 것만 같다. 걷거나, 긋거나, 들거나, 씻거나, 쓰거나, 덮거나, 자르거나, 꿰매거나, 이야기를 이미지와 오브제로 옮기느라 행하는 이 모든 제스처들은 지난 격정의 사건을 사후적으로 반복한다. 이미지, 오브제, 퍼포먼스로 우리는 겪었으나 결코 되살릴 수 없는 것을 초혼하고 수복한다. 죽음에 가장 아름다운 장례의 형식을 고안하고 봉헌하며 우리 몫의 생을 나누어 받는다.

H.에게 흰 배내옷을 입고 떠난 아이와 그 아이를 이어 태어난 다른 아이의 이야기를 들은 날, 내 경우도 상기하지 않을 수 없었다. 열 살 무렵, 엄마와 이모의

도란거림에서, 수혈을 받으면 끔찍하게 춥다는 말을 엿들었다. 엄마가 그것을 어떻게 알까. 엄마에게 무슨 위험한 일이 있었을까. 겁에 질려 물어보니, 첫아이인 나보다 몇 달 앞서 잉태된 아이가 있었는데 유산되었다고 했다. 수혈은 그 때문이었다. 아주 몸서리가 나게 추워.

하나의 목숨을 두고 둘이 매달리게 되었는데, 그가 달수를 양보해 내가 생겨났다기보다는, 그가 어찌 되었든 엄마가 살았다는 데 크게 한숨을 놓았다. 내가 없다는 상상은 막연해도 엄마가 없다는 상상은 까마득하게 무서운 나이였다.

이후로 어떤 생의 감각은 추위와 함께 온다. 만약 춥다면 그건 다시 살아나려고. 알고 싶은 것과 하고 싶은 것이 생길 때, 아름다운 존재들과 마주칠 때, 사랑할 때, 몸 깊은 곳에서 쨍한 찬기가 솟아 몸서리쳐지고, 파드득 떨림으로써 거듭나는 것만 같다.

삶, 사랑, 아름다움은, 죽음과 가장 가까이 돌아서는, 차갑게, 신생해, 밀쳐 들어온다.

빛의 소진에도 망막에 머무르는 잔상, 파괴의 잔해 위에 재건된 도시[5], 죽지 말라는 목소리에 눈꺼풀을 뜨는 아기[6], 그 이야기 속에서 자라온 아이, 타인이 공여한 차가운 피에 깨어나는 여인, 헐거워진 배를 다시 채운 아이, 모두 이들의 생을 살아간다.

도처가 이듬의 생이다. 보이는 것마다, 만나는 이마다, 가는 곳마다. 때로는 펼친 글에서 마주치는 말들이. 사건을 겪고 시차를 지나 잔존한다.

잔상의 생성을 위한 핵심 조건은 망막의 피로라는 점을 되새겨본다. 사라진 빛을 어둠 속에서 여전한 빛으로 붙들고 있느라 무수한 감광 세포들은 긴장을 유지하고 피로를 감내하는 것이다. 잔상이 소멸하면 안구가 피로에서 회복되었다는 뜻이다.

사건은 기억에 붙들려 있는 한에서만 과거, 현재, 미래를 이으며 생존의 환영을 지속시킨다.

그렇다면 피로는 윤리적 예술이 필연적으로 감당해야 하는 감각이다. 쉽사른 회복 대신 묵연한 긴장과 경각의 피로를 견디며, 세계 속 모든 이듬의 생을 지각하고, 그것을 위한 최선의 형식과 시간성을, 가장 나중으로 지연될 애도를, 숙고하고 행하기. 내가 그 감각을 단련하고 그 행위에 숙달할 때까지, 다행히도 나는 모든 일에 서툴러 그 시간은 결코 오지 않을 터이니, 너는 더 이상 죽지 말아라.

마카판스갓의
조약돌

2015년 10월 22일의 백일몽

구름 번역기에 검은 머리카락의 나부를 칼국수 반죽처럼
부드럽게 접어 넣으니 "돌을 분석할 줄 알아야 한다"로
번역되었다.

2015년 11월 8일의 꿈

얼굴 속의 얼굴을 닮은 얼굴.

2018년 3월 18일의 꿈

연수원에서 1박 2일 일정으로 아마추어 음악회를 들었다.
통나무에 털실을 동여맨 K.의 현악기가 독특했다. 하지만
그것으로는 바흐를 제대로 연주할 수 없었다. 너는 차콜색
터틀넥 스웨터를 입고 멀리 창가에 앉아 있다. 음악회가
지루해서 네가 떠날까 봐 마음이 쓰였다.

꿈에 나온 사람들을 이니셜로 표기하고, 사랑하고 그리워하는
몇몇은 너라고 하는데, 나중에 다시 읽으면, 한정된 문자 개수의
특성상 하나의 이니셜에 여러 얼굴이 떠올라 누구였는지
흐릿해지고, 사랑의 특성상 너들 역시 너들 모두인 너 하나로
혼용되어 있다.

2014년 11월에 흥미로운 기사를 읽었다. 2004년 3월 유럽우주국에서 쏘아올린 무인 탐사선 로제타가 10여 년의 여행 끝에 마침내 역사상 최초로 혜성에 착륙하는 데 성공했다는 것이다. 혜성의 이름은 67P/추류모프-게라시멘코. 어쩌면 무심히 지나칠 수도 있었을 소식에 진지하게 빠져든 까닭은 로제타가 지구로 전송한 혜성의 사진들 때문이다. 혜성은 작은 돌덩이 하나와 그보다 조금 더 큰 다른 돌덩이 하나가 서로를 향해 비죽 늘어나 맞붙은 형태다. 그래서 그것은 어느 각도에서 보든 머리와 목을 빚고 어깨에서 마감한 흉상 같았다. 입자가 불균질한 무른 점토를 나이프로 툭툭 떠 묻힌 것처럼 표면이 거칠었으므로 더 그렇게 보였다. 자연의 것을 넘어 어딘지 인간적으로 보였다는 뜻이다. 사람의 손으로 소조하는 도중의 다른 사람의 얼굴. 만들다 잠시 쉬거나 다 만들고 나서 두 손을 올려볼 수 있는 어깨까지. 가만히.

그것은 홀로 광막한 우주를 배경으로 늘 턱을 쳐든 상태이므로 시선이 아득한 어둠을 향할 수밖에 없다. 모호와 막연의 정념으로 긴장한 목. 영원히 그러한 자세로. 바로 그 아름다움이 매료의 요인이었다. 나는 흉상의 형태에 이끌려서 그것이 유발하는 상상과 감정에 나를 내맡기며 로제타와 그것의 카메라 오시리스가 보내오는 정보를 잊을 만하면 찾아보았다.

혜성은 한 뼘의 먼지층으로 덮인 아주 차가운 얼음 덩어리다. 혜성이 빠르게 자전하며 태양 가까이 나아갈 때 험준하고 황량한 표면에서 먼지 입자들은 고요히 가라앉아 있지 않고 끊임없이 잔가시 같은 선을 그으며 부산하게 휘날린다. 표면의 수증기에는 중수소, 수소, 산소, 이산화탄소, 일산화탄소, 메탄, 암모니아 등 다양한 기체 성분이 함유되었고, 다공질의 내부에서도 수증기와 기체가 뿜어져 나온다. 기체 기둥은 쇄골 한가운데에서 때로는 얼굴 전면에서 바깥의 깊은 어둠을 향해 빛 다발처럼 솟아오른다. 우주를 떠도는 그것의 탐조등 같다. 미지의 다른 존재에게 자기의 존재와 위치를 알리는 신호 같기도 하다.

얼굴, 머리, 목, 어깨, 쇄골, 시선, 정념, 감정, 탐조… 인간적인 것이 전혀 개입하지 않은 것에 굳이 인간적인 것을 투사하며 나는 분명 혜성을 인격화하고 있다. 아니, 오히려 이런 것들을 인간의 것으로만 전제함으로써 인간적이라 간주되는 것을 결여하여 인간이 아니라고 간주되는 것과 인간을 더 공고하게 구분하고 있다. 어느 쪽이든 기존의 인간중심주의적 수사법과 질서를 비판 없이 따른 데 기인한다. 나는 내가 전혀 알지 못하는 우주의 숭고한 것을 내가 감각하고 이해할 수 있는 것으로 환원하려고 내게 익숙한 인간의 틀 안에서 그것을 표상한 것이다. 위의 속성들이 인간에 한정된 것은 아닐지라도 어쨌든 인간이 속한 동물의 틀 또는 생물체의 틀 안에서.

그런데 인간이 이처럼 자기 바깥 세계를 인간적인 것의 틀을 통해 인식하고 표상하려면 우선 자기가 인간이라고 자각해야 한다. 그렇다면 인간이 자기와 바깥 세계가 다르다는 것을 감지하고, 그렇게 다른 자기를 인간으로 규정한 다음, 역으로 바깥 세계에 자기와 다르지 않은 인간적인 속성을 부여하여 동일시하는 사건은 어떤 기제로 발생할까. 특히 미와 감정의 차원에서. 인간에게 익숙한 지구로 돌아와 생각을 다듬어보자.

*

부서진 얼굴을 마주칠 때마다 심장이 자석이 되는 것 같다. 시간의 자력. 마카판스갓 조약돌을 처음 본 순간에도 그랬다.

*

고고학에서는 인류의 물질 문화를 탐구하면서 초창기 인간과 관계를 맺은 사물의 범주를 크게 세 가지로 구분한다. 인공물, 도구, 그리고 매뉴포트이다. 인공물(artifact)은 인간이 주변 환경에서 발견한 천연 물질을 자기의 힘과 기술을 가해 변형한 물건이다. 돌을 깨거나 갈아 도끼, 화살촉, 구슬을 만들고, 무른 돌과 나무를 깎아 조상을 만들고, 흙을 물에 개고 불에 구워 그릇과 벽돌을 만들고, 풀 줄기를 말려 바구니를 엮고, 동물 가죽을 뼈바늘로 꿰매 옷을 짓는다. 도구(tool)는 이처럼 천연의 재료를 취하여 가공하는 데 사용하는 사물이다. 도구는 찍개, 돌칼, 바늘처럼 인공물에 속하는 것도 있지만, 천연의 돌멩이 자체를 망치나 투석처럼 사용하기도 했으므로 반드시 인공물의 하위 범주는 아니다. 마지막으로 매뉴포트(manuport)는, 한국 학계에서 어떻게 번역하는지 알아내지 못하여 우선 음차하자면, 라틴어로 손(manus)과 옮기기(portare)가 결합하여, 말 그대로 인간의 손에 의해 본래 있던 장소에서 상당히 멀리 떨어진 다른 장소로 옮겨진 작은 자연물을 지칭하는 용어이다. 예를 들어, 강가에서 아주 먼 동굴 안에서 발견된 조개껍데기 같은 것. 물결, 새, 바람이 옮겼을 리가 없는 것. 인간이 거처를 벗어나 걸어간 곳에서 주워 들고 돌아왔다고 상상하고 믿지 않으면 그 자리에 존재할 수 없는 것. 물론 인공물과 도구도 그것의 질료 자체는 가깝거나 비교적 먼 환경에서 옮겨온 자연물이다. 그러나 인간의 가공과 사용은 질료의 본래 형태와 성질을 변화시키고, 그리하여 인공물과 도구는 시간에 따라 인간 활동의 흔적을 덧입는다. 이와 달리 매뉴포트는 인간이 인위적으로 존재 장소를 바꾸었으나 사용하지 않고 가공하지도 않아 본래 형태와 성질을 그대로

간직한 자연물만 가리킨다.[7]

　　매뉴포트라는 용어는 고인류학자 메리 리키에 의해
고안되었다. 리키는 1960-1963년 탄자니아 올두바이
협곡에서 200만 년 전 호모 하빌리스의 활동지를 조사
하다가 특정 구역에서 그곳의 지질과 광물 분포를 고려
하건대 결코 존재할 수 없는 용암석 무더기와 그것으로
만든 찍개를 발굴했다. 손을 쓰는 사람이라 명명된 수백
만 년 전의 고인류는 도구에 적합한 경도의 돌멩이를 찾
아 기꺼이 이동했으며, 2-3킬로미터 떨어진 용암석 분
포지에서 적당한 크기의 돌들을 골라 이곳으로 갖고 와
가공했다는 가설이 도출되었다. 돌멩이를 다시 찾기 쉬
운 장소에 무더기로 비축했다는 점에서, 그들은 당장의
쓸모를 충당하기를 넘어 미래의 시간성을 예측하는 정
신적 능력도 갖추었다고 해석된다.[8]
　　발굴 대상을 매뉴포트라 규정하려면 따라서 여러
기준을 적용해야 한다. 우선, 손에 쥘 수 있는가. 그리고
손에 쥐고 오래 걸을 수 있는가. 그러니 그는 우선 직립
인이어야 하겠다. 다음으로, 주변의 지질, 동물의 행태,
식물의 식생에 비추어 외래이고 이질인가. 이를 판명하
려면 자연사의 통합적 지식도 갖추어야 한다. 인간 이상
의 것에 사랑과 앎의 의지를 쏟아야 한다. 나아가, 표면
의 자취는 사람의 것인가, 아니면 바람, 물, 작은 동물들
의 것인가. 답하려면 인간의 행위와 비인간 자연의 작용

사이의 차이를 알아야 한다. 인간적인 것과 그렇지 않은 것을 구분해야 하는 것이다.

굵힘, 패임, 다른 물질이 덧붙음, 그래서 변색되고 얼룩짐, 부서짐, 깨짐, 금이 감, 구멍이 남, 어떤 자취든 사람에 의한 것이면 매뉴포트가 아니다.

매뉴포트는 사람이 옮긴 사람의 자취가 없는 외래의 이질의 작은 물체다.

사람은 오로지 매체다.

꽃가루와 씨앗의 확산에 충매, 풍매, 조매, 수매가 있듯, 돌멩이의 행방에 인매가 있다.

마카판스갓 조약돌은 매뉴포트의 대표적 예이다. 짙은 갈색의 벽옥 또는 호상철광석에 회록색 수정을 함유한 둥글납작한 돌멩이로, 길이 83.3밀리미터, 너비 65.5밀리미터, 두께 38.4밀리미터, 그리고 무게는 260그램이다.[9] 너의 손에 이 크기와 무게의 돌멩이를 쥐고 있다고 가늠해보기를. 손이 저절로 둥글고 오목한 둥지를 지을 것이다.

조약돌은 1925년 남아프리카공화국 북동쪽 마카판스갓 계곡의 250-300만 년 전 오스트랄로피테쿠스 아프리카누스 유적지에서 근처 고등학교의 과학 교사 윌프레드 I. 에이츠먼에 의해 발견되었다. 인류학과 고고학에는 어둠과 먼지 속에 묻혀 있던 것들을 깨끗한 빛 아래로 끌어내는 전율적인 발견의 모험담은 물론, 돌이킬 수 없이 부주의하고 무지하게 파괴한 것과 상실한 것의 뒷이야기가 한가득이다. 멜랑콜리아와 친화하는 학문이다. 에이츠먼의 회고담은 조약돌의 발견 경위뿐만 아니라 상상만으로 가슴이 무너지는 듯 애석한 파괴와 상실을 곡진하게 증언한다는 점에서 경청할 가치가 있다.

1919년 마카판스갓 근처 피터즈버그에 부임했을 때, 에이츠먼은 현지인들에게 계곡에 가면 동굴과 백운석 석회암 노두를 비롯하여 여기저기에 뼈 무더기가 무수히 널렸다는 이야기를 듣는다. 주민들은 이 잔해가 성경에 나오는 대홍수의 증거라고 여겼다. 1922년 가을 에이츠먼이 마카판스갓에 처음 답사를 떠났을 무렵, 계곡은 주민들이 채석장으로 사용하기 시작하여 석회암과 백운석이 이미 몇 미터쯤 깎여 나간 상태였다. 그럼에도 그는 채석장 맞은편의 붉은 각력암 노두에서 광물과 섞여 화석화된 뼈들이 노출된 것을 목격할 수 있었다. 1924년, 계곡에 채석 회사가 진출하여 가마를 짓고 본격적으로 석회 생산에 돌입하려 하자, 마음이 다급해진 에이츠먼은 애호인으로서 학계의 전문가들에게 호소하여 계곡의 뼈 화석 조사와 보존에 관심을 일깨우려 고군분투했지만 소용이 없었다. 마침 이때는 오스트레일리아 출신 해부학자 레이먼드 A. 다트가 남아프리카공화국 노스웨스트에서 처음 발견된 고인류 화석을 오스트랄로피테쿠스 아프리카누스라 명명한 해였다. 에이츠먼은 1925년 4월 요하네스버그에서 개최된 다트의 강연에 찾아가 마카판스갓의 뼈 화석에 대해 알렸고, 그의 적극적인 경청과 관심에 기뻐하며 피터즈버그로 돌아왔다.[10]

에이츠먼은 곧 놀라운 소식을 듣는데, 그가 요하네스버그에 잠시 머무르는 동안, 채석 회사가 계곡 노두에 뚫은 굴에서 뼈 무더기가 엄청나게 쏟아져 나와서 현장의 모두가 경악했다는 것, 그리고 상당량의 뼈가 이미 석회 가마에 던져져 불에 사그라들었다는 것이다. 에이츠먼은 마카판스갓에 찾아가, 다이너마이트가 폭파한 광산 벽에 뼛더미가 층층이 쌓여 넓은 띠를 이루고, 석굴에 마치 납골당처럼 뼛조각들이 가득 뒹구는 광경을 목격한다. 수백 톤의 뼛조각은 물론 형체를 온전하게 간직한 유골까지 무작정 가마에 쓸어 넣는 석회 회사의 탐욕과 광부들의 무신경에 맞서, 생업의 책임이 없다면 매일이라도 그곳에 남아 미지의 유적을 지키고 싶은, 애호인의 안타까운 열의와 심정에 공감하지 않을 수 없다. 그는 말한다. "내 생각에는, 1925년 5월 당시 두어 주일 동안, 각력암을 함유한 가장 중요한 구역들의 뼈가 다이너마이트에 파괴된 그때, 가장 좋은 자료가 상실되었다."[11]

당시 석회암 층과 뼈가 섞인 각력암 층이 교차하는 채석장의 지질을 조사하던 중, 상부의 각력암 층에서,

특이한 돌멩이 하나가 에이츠먼의 눈에 들어온다. 물에 매끈하게 닳은 자갈이었다. "이 조약돌은 내게 깊은 관심을 불러일으켰는데, 그것의 깎인 표면이 사람의 얼굴과 너무나 흡사하게 닮았기 때문이었다."[12] 마카판스갓의 지질에는 하천 퇴적층이 없으므로, 에이츠먼은 뼈더미 속의 누군가가 살아 있었을 적에 물가에서 그것을 주워, 이곳으로 갖고 와, 간직했을 거라 추정한다. 고인류의 행동을 모방하여 그 역시 채석장에서 그것을 주워 거처로 갖고 와 간직한다.

조약돌의 발견자 에이츠먼뿐만 아니라 누구라도 그것을 사람의 얼굴이라 여길 것이다. 머리카락이 났을 법한 부분과 이마를 가르는 선, 가운데 뚫린 구멍 두 개는 눈, 그리고 그 아래 패인 부분은 입, 마치 치아처럼 들쑥날쑥하기까지.

에이츠먼이 현대인의 관점에서 돌의 형상이 사람의 얼굴과 유사하다고 인식한 데서 더 나아가, 다트는 오스트랄로피테쿠스도 그것에서 자기의 얼굴을 알아보았을 거라 생각한다. 돌을 뒤집으면 그것은 이마보다 턱이 더 발달한 다른 두개골 모양을 보여주는데, 이는 오스트랄로피테쿠스가 즐거운 기분에 웃는 얼굴처럼 보인다는 것이다.

다트에 따르면, 물가에서 조약돌을 발견한 오스트

랄로피테쿠스는 그것에서 고유한 개체로서의 자기라기보다는 자기가 어울려 사는 무리가 공유하는 속성을 알아보았다. 그는 그것을 동굴로 갖고 와 무리 사이에서 돌려보며 즐거움과 신기함의 감정을 퍼뜨려 나누었을 거라 한다. 이 돌은 나이고 너이고 우리야. 이로써 당대의 고인류는 외부 세계의 자연물에 자기를 투사하는 자기 인지의 능력은 물론 동료와 이해심과 감정을 공유하는 사회적 능력도 갖추고 있었으리라는 것이다.[13]

올두바이 협곡의 호모 하빌리스는 찍개를 만들려고 용암석 매뉴포트를 수집했다. 그러나 마카판스갓의 오스트랄로피테쿠스 아프리카누스에게 이 조약돌은 장래의 실용적 변형을 위한 밑 재료가 아니었던 듯하다. 망치나 투석으로 쓰여 손상된 흠집조차 없다. 틈, 구멍, 빗금, 얼룩, 그 모든 표면의 자취는 차후의 정밀한 조사를 통해 아무런 인위적 행위의 개입 없이 오로지 물의 힘과 작용으로만 생겨난 것이라 확실히 증명되었다. 돌멩이 얼굴은 순전히 자연의 우발성으로 창조된 것이다.[14]

다트의 논지를 조금 더 꾸며 말하면, 웃는 표정의 돌멩이는 때리고 찍고 던지는 도구적 폭력을 유발하는 대신, 고인류 무리에서 다침 없는 생김새 그대로 아낌과 귀여움을 받는 것으로 제 할 일을 다한 것 같다. 돌멩이는 어떤 각도에서는 어린 개체의 웃는 얼굴처럼, 다른 각도에서는 나이 들어 "잠들었거나 무리에서 오래전 사라진 자의, 시간에 따라 피폐해진, 고요한, 휴식하는"[15] 얼굴처럼 보인다는데, 이 같은 다면의 형상을 아껴 간직했다는 점에서, 초창기 인류는 생존의 고단함 가운데서도 웃으며 즐길 줄 알았고, "생김새를 통해 친구들을 떠올리고 기억"[16] 할 줄도 알았다고 추정된다. 놀라운 통찰과 상상이다.

*

질문들이 생겨난다. 논리적 인과 없이 충돌하며. 우선 매뉴포트의 정의를 다시 점검해본다. 인간의 손이 닿았으나 자취는 남지 않은 자연물. 그런데 인간이 멀리서 운반한 조약돌을 자기 앞에 두고 그것에 종족의 이미지, 미적인 감정, 다치게 하고 싶지 않은 마음은 어쩌면 사랑, 기억, 무리의 삶과 죽음, 태어남과 나이듦의 생각, 시간의 감각을 겹겹이 투영한다면, 그것은 조약돌에 자취를 새기는 행위인가 아닌가. 조약돌을 종족과 돌려보며 즐거워하기란 그것의 외형에서 시각적 쾌락을 느끼기를 넘어서 그것에 감정, 기억, 생각을 거듭 더하며 전하는 행위 아닌가. 어쩌면 100만 년도 넘게 대대로. 애초에는 인간이 조약돌의 매체였으나, 이제 조약돌이 인간의 매체가 된다. 조약돌에는 고인류의 기억이 켜켜이 집약된다.

47

그런데 흔적 없는 자취 없는 긁음 없는 기억이 있을 수 있을까. 마카판스갓 조약돌에는 인위적 자취가 없음에도, 자연의 힘으로만 둥글게 웃음에도, 나는 그것 어딘가에서 부서짐을 착시하지 않았나. 아낌과 귀여움을 받았다는데도 통증을 전달받아 자각하지 않았나.

　매뉴포트는 어떻게 메타포로 비약하는가. 돌에 처음으로 시를 불어넣은 자는 누구인가. 돌에 포만한 시는 언제 누구에 의해 풀어져 나오는가. 자연이 인간적인 것으로 변성하는 순간, 그것은 시의 작용, 시는 어떻게 구멍을 비집고 틈을 쪼개며 분출하는가.

*

　너의 솔방울, 나의 단풍잎, 나의 문갑 속 너의 찻잎, 네 뜨락의 라일락, 나의 시향지, 박새가 떠나간 너의 새 둥지, 네 식탁에 올려둔 나의 방울무, 눈을 비비면 너의 뺨 위에 너의 눈썹, 너의 필통 속 나의 꿩 꽁지깃, 너의 눈사람, 나의 입김, 내 망막에 서린 네 창의 성에, 네 주머니 속 나의 열쇠, 행갈이가 잘못된 시어, 옛날의 낙서에서 오려 이 글에 붙인 문단, 내 유리병 속 너의 하얀 산호, 너의 음반에 나의 지문, 너의 문장 옆 나의 별.

　지우지 않기. 부끄러워하지 않기.

라트비아계 미국 예술가 비야 셀민스는 큰 종이에 연필로 바다, 달, 사막, 밤하늘처럼 너른 표면을 옮기는 작업을 했다. 광막한 공간에서 물질은 주름과 결과 돌기와 빛점을 만들며 영구히 운동한다. 추류모프-게라시멘코의 얼음 골짜기에 이는 먼지바람과 나란히 보고 싶어진다. 무인 탐사선이 어둠 속에 목적지를 찾아가는 장거리 여행의 시간과 공허에 생성과 운동의 흔적을 규칙적인 손놀림으로 기입하는 무언의 예술의 시간을 겹쳐 명상하게 된다.

1970년대의 어느 날 셀민스는 슬픈 기분을 달래려 뉴멕시코로 자동차 여행을 떠난다. 사막과 리오그란데 협곡을 무심히 돌아다니면서 눈에 띄는 돌멩이가 있으면 주워서 차 안으로 집어 던진다. 작업실에 돌아와 짐을 정리하다가, 돌멩이들이 얼마나 아름다운지 깨닫고는 그것을 직접 만들어보기로 결심한다. 돌멩이들은 온갖 이질적인 성분의 자잘한 점과 결 덕분에 제각기 은하수를 품은 것 같았고, 그것들을 늘어놓으니 마치 별자리처럼 보인 것이다.[17]

돌멩이를 최대한 가까이에서 바라보기, 돌멩이 원본과 똑같은 크기와 모양의 브론즈 주물을 뜨기, 그리고 주물에 원본과 똑같은 색과 질감을 입히기. 그리하여 찾은 것과 만든 것, 자연과 예술, 매뉴포트와 메타포를 공존하게 하기. 셀민스는 작업 과정을 설명하면서 보르헤스의 「기억의 천재 푸네스」(1942)를 언급한다. 돌멩이를 복제하려면, 또는 작가의 말대로 재묘사하려면, 눈 바로 앞의 원본을 보고 그것을 정확히 기억해서 모사본에 정밀하게 옮겨야 한다. 이 행위를 끈질기게 반복해야 한다. 작은 돌 모형에 우주 전체를 운반하기 위해 미세한 색점을 집요하게 찍어 나가는 작업은 작가에게 마치 기억을 축조하는 행위처럼 인식되었다.[18]

돌멩이 모사본 열한 개를 완성하는 데 1977년부터 1982년까지 꼬박 5년이 걸렸다. 그동안 작가는 로스앤젤레스에서 뉴욕으로 이주했고, 뉴멕시코의 돌멩이도 작가를 따라 지질, 기후, 식생이 다른 곳으로 이동했다.[19] 매뉴포트와 인공물 열한 쌍을 작가는 〈이미지를 기억에 고정하다〉라 명명했다.

*

내게는 글쓰기의 메타포가 몇 가지 있는데 그중 하나는 포석 공사이다.

1996년 겨울 파리에서 포석 공사를 처음 목격한 날을 잊지 않는다. 유럽의 도시에는 포석로가 여전히 흔해서, 오가는 발자국에 길이 닳아 미끄러워지면 기존의 돌을 전부 제거하고 새 돌을 깔아야 한다. 포석 깔기는 기계가 대신할 수 없는 오로지 사람의 일이다. 인부들은 헐벗은 길에 웅크려 앉아, 작은 돌조각들을 일일이 망치로 두드려서, 모서리와 줄을 조밀하게 맞추어, 맨 흙에 박는다. 지루한 노고와 오랜 시간이 든다. 그러나 고맙게도 노동 수혜자의 입장에서는 돌에 망치 부딪히는 소리가 이루 말할 수 없이 명랑하고, 새 길은 단정하고 청명하게 빛난다.

2018년 여름 크라쿠프에서 운 좋게도 그 우직하고도 섬세한 공적 노동의 장면을 다시 목격했다. 나는 공사장의 포석 무더기에서 여행 기념품으로 두 조각을 주웠다. 돌들은 내 책꽂이 선반에 있다.

*

처음부터 시작할 것이다. 소반에 공책을 펼치고 기역 니은 디귿을 그릴 것이다. 얼굴과 이름과 몸짓을 바꾸겠다. 나를 잊어다오. 네가 알았던 나는 없다. 처음부터 사랑한다.

아
이
구
석
의

2020년 5월 19일의 꿈

우리는 적막한 모래밭에서 젖은 싹처럼 고개를 들고 태어나
두리번거리다 서로를 묻는다. 너는 누구니.

2020년 3월 20일의 꿈

우리는 방수 외투를 입고 만나 숲속의 젖은 흙에 앉았다.
수선화 분갈이를 한 진흙 묻은 두 손으로 너의 뺨을 만졌다.

2018년 7월 14일의 꿈

우리는 양손을 도마에 올려놓는다. 오래 못 만난 사이에
손은 시든 나물이 되었다. 네 손이 조금은 더 싱싱해 보여서
다행이야.

2017년 7월 30일의 꿈

음악을 따뜻하게 쪼이면 벽 물질이 조금 녹는다. 너는 녹은
물질을 손으로 파낸다. 나는 움푹 팬 곳에 음악을 쬐어준다.
물질이 조금 더 녹고 너는 파낸다. 우리는 이렇게 한다. 물질
세계에 굴이 생긴다. 너와 나는 음악의 자국 속에 기거한다.

구석의 아이는 숨죽여 운다.

구석의 아이는 모로 눕는다.

구석의 아이는 웅크린다.

구석의 아이는 아무 말 하지 않는다.

구석의 아이는 구강 근육이 가난해진다.

구석의 아이는 혀가 둔감해진다.

구석의 아이는 고개를 외로 꼰다.

구석의 아이는 우산을 쓴다.

구석의 아이는 가방을 멘다.

구석의 아이는 신발주머니를 잊는다.

구석의 아이는 보조가방을 잊는다.

구석의 아이는 무릎을 모은다.

구석의 아이는 책상에서 등을 돌린다.

구석의 아이는 칠판을 보지 않는다.

구석의 아이는 종소리를 듣지 못한다.

구석이 아이는 수업 시간과 쉬는 시간을 분간하지 못한다.

구석의 아이는 그래서 혼자 노래부른다.

구석의 아이는 몸을 아주 작게 만든다.

구석의 아이는 눈길을 돌린다.

구석의 아이는 대답하지 않는다.

구석의 아이는 ㅂ을 ㄱ으로 잘못 알아듣는다.

구석의 아이는 받아쓰기를 못한다.

구석의 아이는 왼쪽과 오른쪽을 지시하지 못한다.

구석의 아이는 밀기와 당기기를 매번 잘못 행한다.

구석의 아이는 동쪽과 서쪽을 점차 헷갈린다.

구석의 아이는 창밖 나뭇잎을 바라본다.

구석의 아이는 장롱에서 책을 찾아낸다.

구석의 아이는 책을 펼친다.

구석의 아이는 그늘 아래 숨는다.

구석의 아이는 신문지 더미 곁에 앉는다.

구석의 아이는 파란 장미를 기억한다.

구석의 아이는 곰과 여우를 기억한다.

구석의 아이는 둔갑술을 기억한다.

구석의 아이는 마른 귤껍질의 냄새를 맡는다.

구석의 아이는 레그혼과 친칠라 사육장을 지난다.

구석의 아이는 악어를 무서워하지 않는다.

구석의 아이는 울지 않는다.

구석의 아이는 페튜니아 화단에 쪼그리고 앉는다.

구석의 아이는 등나무 그늘 아래를 지난다.

구석의 아이는 등나무 열매를 줍는다.

구석의 아이는 도깨비불을 본다.

구석의 아이는 움직이지 않는다.

구석의 아이는 아프지 않다.

구석의 아이는 아픔을 모른다.

구석의 아이는 슬프지 않다.

구석의 아이는 슬픔을 모른다.

구석의 아이는 기쁘지 않다.

구석의 아이는 기쁨을 모른다.

구석의 아이는 웃지 않는다.

구석의 아이는 웃음을 모른다.

구석의 아이는 동요하지 않는다.

구석의 아이는 늙는다.

구석의 아이는 딱딱해진다.

구석의 아이는 뺨을 맞는다.

구석의 아이는 울지 않는다.

구석의 아이는 노려본다.

구석의 아이는 읊조린다.

개새끼.

구석의 아이는 뙤약볕 아래 일한다.

구석의 아이는 도토리를 말려야 한다.

구석의 아이는 벽돌을 날라야 한다.

구석의 아이는 인부들의 심부름을 해야 한다.

구석의 아이는 저속한 반말을 듣는다.

구석의 아이는 대답하지 않는다.

구석의 아이는 무거운 연장통을 든다.

구석의 아이는 노동한다.

구석의 아이는 무거운 물통을 짊어진다.

구석의 아이는 심야 버스를 탄다.

구석의 아이는 철로변에 선다.

구석의 아이는 젊은 여자들의 웃음소리를 듣는다.

구석의 아이는 부끄럽다.

구석의 아이는 만화를 본다.

구석의 아이는 복통을 일으킨다.

구석의 아이는 산에 가기 싫다.

구석의 아이는 산에 간다.

구석의 아이는 복종한다.

구석의 아이는 거부한다.

구석의 아이는 밥을 먹지 않는다.

구석의 아이는 말라간다.

구석의 아이는 밤의 악기 상가에 간다.

구석의 아이는 악기 소리를 듣는다.

구석의 아이는 음악을 싫어하게 된다.

구석의 아이는 음치가 된다.

구석의 아이는 노래를 부르지 않는다.

구석의 아이는 목소리를 내지 않는다.

구석의 아이는 악기를 내다 판다.

구석의 아이는 밤의 부고를 듣는다.

구석의 아이는 글을 쓰지 못하는 척한다.

구석의 아이는 글을 쓰지 않는다.

구석의 아이는 글을 쓴다.

구석의 아이는 자기가 쓴 것을 다른 사람이 쓴 것이라
  착각한다.

구석의 아이는 자기가 무엇을 썼는지 기억하지 못한다.

구석의 아이는 말을 잘 잃는다.

구석의 아이는 쓴 것을 잘 돌보지 않는다.

구석의 아이는 쓴 것을 잃는다.

구석의 아이는 쓴 것을 찾는다.

구석의 아이는 다른 아이가 매 맞는 것을 본다.

구석의 아이는 다른 아이가 매 맞는 것을 보며 눈물을
　흘린다.

구석의 아이는 누군가 울면 따라서 운다.

구석의 아이는 누군가 웃으면 따라서 웃지 않는다.

구석의 아이는 부끄러운 것과 부끄럽지 않은 것의 기준을
　정하지 못한다.

구석의 아이는 배우의 죽음을 지킨다.

구석의 아이는 밤의 벼락을 듣는다.

구석의 아이는 굳는다.

구석의 아이는 과일을 먹지 않는다.

구석의 아이는 포도를 먹지 않는다.

구석의 아이는 토마토를 먹지 않는다.

구석의 아이는 감을 먹지 않는다.

구석의 아이는 약을 먹지 않는다.

구석의 아이는 약을 버린다.

구석의 아이는 약을 산다.

구석의 아이는 약을 먹는다.

구석의 아이는 약을 버린다.

구석의 아이는 흐느낀다.

구석의 아이는 애원한다.

구석의 아이는 일어나지 않는다.

구석의 아이는 발길에 차인다.

구석의 아이는 칼끝을 본다.

구석의 아이는 웅크린다.

구석의 아이는 병원에 간다.

구석의 아이는 비밀을 말한다.

구석의 아이는 마음을 닫는다.

구석의 아이는 손을 잡는다.

구석의 아이는 목걸이를 챙긴다.

구석의 아이는 반지를 챙긴다.

구석의 아이는 배낭을 멘다.

구석의 아이는 돌아온다.

구석의 아이는 일어나지 않는다.

구석의 아이는 운다.

구석의 아이는 일어난다.

구석의 아이는 나온다.

서가

백일몽의

2012년 10월 25일의 꿈

빌려준 책을 찾겠다는 명목으로 아무도 없는 Z.의 방에 허락
없이 침입했다. 책은 금세 찾았고, 나는 적당히 너저분한 그의
편안한 방 소파에서 한숨 자다 나왔다. 나중에 Z.가 메아리처럼
말했다. Lehre… Lehre… Seele…

2019년 2월 11일의 꿈

도서관 사서 P.가 사다리 너머 서가에서 『도서관과 소년
제국주의』라는 책을 건네주었다.

2014년 10월 5일의 꿈

『헐벗은 제안과 동물들』이라는 책. 프루스트와 동물에 관한
연구서.

2020년 1월 5일의 꿈

제목이 길어서 정확히 기억나지 않는 책. 매뉴얼 같았다.
『어느 실존의… 스트링 음악을 위한… 』.

2015년 12월 22일의 꿈

프란시스코 고야의 〈엔디미온〉 연작 일곱 점.

누구에게나 반복해서 꾸는 꿈의 유형이 있을 것이다. 나는 책의 꿈을 자주 꾸는 편이다. 현실에 존재하지 않는 제목과 형상의 책. 꿈속에서 나는 책의 발견자나 목격자에 불과하지만, 꿈을 꾸며 꿈의 내용을 창작한 사람은 나이므로 실상 나는 그 책의 저자이다. 나는 현실에서 결코 본 적 없고 읽은 적 없고 쓴 적 없는 책을 꿈의 마술적 장치를 빌려 제작한다. 꿈은 불가능한 책들의 출판소이다. 꿈속에서만큼은 나는 꽤 유능한 출판 기획자이자 편집자이다. 일반적인 인쇄물 형식을 벗어난 책을 주로 제작하므로 제책 공방의 장인이라 해야 더 어울릴지도 모르겠다.

그동안 내 꿈의 공방에서 제작한 책들의 목록은 이렇다.

어느 날의 꿈에서 나는 꼭 짠 물수건으로 크고 두꺼운 시학 사전을 닦았다. 표지부터 한 장씩 정성을 들여서. 그러다 문득 신기한 현상을 알아차렸다. 원호를 그리는 하얀 수건, 종이를 쓰는 손길 아래, 인쇄된 활자들이 자음과 모음의 배열을 차라락 바꾸며 새로운 문장과 새로운 문단을 형성했다. 다음 페이지도 마찬가지였다. 말하자면, 시의 법은 닦아낼 때마다 개정되었다. 나는 놀라 묻는다. 그렇다면, 어떤 시에도 적용할 수 없이, 그것에 따라 시가 쓰이기도 전에 스스로를 폐지하고 쇄신하는 법은 진정 법인가. 혹은, 그것이야말로 법인가. 시와 무관하게 지속적으로 나타나고 사라지는 시의 법. 효력을 즉시 포기하고 적용을 무한히 연기하며 오직 검게 빛나는 고독한 말. 나는 종이가 젖어 울지 않도록 조심했다.[20]

　　다른 날의 꿈에서는 어떤 책의 표지 시안 두 가지를 받았다. 삶의 번역서라 했다. 시안 하나에는 왼손이 양화로, 다른 하나에는 음화로 찍혀 있었다. 음화의 손 하얀 공백에 새의 부리 같기도, 국화과 식물의 꽃잎 같기도, 비늘 같기도 한 둥글게 뾰족한 것들이 가득 솟아찼다.

　　꿈은 우리가 깨어 있는 시간에 겪은 것들에서 재료를 취한다는 학설을 따른다면, 손이 닿을 때마다 활자의 배열이 바뀌는 시학 사전과 손의 공백에서 자연이 태어나는 삶의 번역서를 제작하는 데 있어서 무엇에서 영감을 받았는지 나는 짐작하는 바가 있다.

　　시학 사전의 경우, 렘브란트의 〈예언자 안나〉(1631)에서 비롯되었을 것이다. 부드러운 어둠 한가운데 나이 든 여성이 앉아 아주 크고 묵직해 보이는 책을 읽는다. 한 손은 책을 받치고 다른 한 손은 책에 쓰인 줄글 위에 놓였다. 어디에서 스며드는지 모호한 빛이 책과 손을 밝힌다. 책과 손 스스로 빛을, 어둠과 싸움 없이 섞여드는

온화한 빛을, 발하는 광원 같기도 하다. 책과 친밀하게 접촉한 손 덕분에 이 여성에게 읽기란 그늘 속에 퇴화하는 눈이 아니라 손으로 수행하는 행위처럼 보인다. 손바닥 전체로 말을 만지고 쓰다듬기. 책은 성서이고 줄글의 흐릿한 문자는 히브리어처럼 보인다고 해석되곤 한다. 그러나 히브리어는 오른쪽에서 왼쪽으로 써나가는 반면, 그림 속의 텍스트는 왼쪽에서 오른쪽으로 쓴 것처럼 정렬되었다. 그러므로 엄밀히 말하면 화가는 세상에 존재하지 않는 언어를 발명하여 그림 속 책에 그것의 문자들을 희미하게 기입한 것이라 보아야 맞다. 우리는 그림 속의 책을 해독할 수 없다. 줄글의 막연함과 대비되어 그러나 그 위에 놓인 여성의 손은 지극히 정밀하게 그려졌다. 피부가 자잘한 주름으로 온통 고랑을 지었는데, 고랑의 깊이와 결이 얼마나 세밀한지, 무한의 확대경을 들고 점점 더 가까이 몰두하다가 주름 속 어딘가로 온몸을 접고 빨려들어 사라지고 싶다. 렘브란트의 그림에서 내가 읽는 것은 바로 이 손이다. 텍스트에 중첩하며 그것을 대체하는, 어떤 페이지 위에 놓이든 그것의 새로운 번역일, 문자의 획과 줄글의 결을 닮은, 밝고 깨끗한 주름의 손. 늙음은 몸과 글에 나날이 새로운 필치가 덧입혀지는 현상이다. 내용의 몰이해 너머에서 이처럼 가없이 율동하는 필치에 현혹되는 데서도, 줄거리 모르게 오로지 리듬으로 확장하는 시를 상상하는 데서도, 독서의 희열은 있다.

다음으로, 삶의 번역서의 표지 시안에 관한 꿈은 당연히 마르그리트 뒤라스에 기원한다. 나는 뒤라스의 단편영화 〈음화의 손〉(1979)을 너무나 좋아하여 기회 있을 때마다 주변에 소개한다. 영화는 자동차 조수석에 앉은 카메라 소지자의 시선과 속도로, 밤의 끝자락부터 창백한 이른 아침까지, 바스티유 광장에서 출발하여 레퓌블리크 광장, 오페라, 방돔 광장, 리볼리 거리, 튈르리 공원, 샹젤리제, 개선문 등 파리의 명소와 주요 도로를 훑어나간다. 어둠에 잠겼을 때 도시의 사물들은 마치 그림자극의 짙푸른 배경에 한데 엉킨 검은 도구들처럼 서로 거의 구분되지 않는다. 그러나 점차 동이 트면서 눈에 두드러져 들어오는 것이 있는데 바로 인적 없는 노변 곳곳에 아무렇게나 쌓인 쓰레기 더미다. 커다란 검정 비닐봉투에 담기지 않은 자잘한 쓰레기 쪼가리들은 길바닥에 허옇게 달라붙었거나 바람에 날린다. 지저분하고 스산하다. 자동차-카메라가 주행하며 기록하는 장소가 새로운 하루를 채비하며 하나둘씩 간판과 쇼윈도의 조명을 켜는 상업 번화가인 만큼, 이 쓰레기 더미는 영화 제작 시기보다 약 20년 앞서부터 본격적으로 발달하기 시작한 대량생산 및 소비문화의 부산물이라는 사실을 간파할 수 있다. 수백만 년 기나긴 인류의 진화와 역사에 있어서 도로변에 쌓인 대형 쓰레기 비닐봉투는 이 특정한 시기에 비로소 등장한 전례 없이 생경한 사물이자 풍경이다. 오늘날의 우리에게는 지나치

76

게 익숙하기 때문에 오히려 간과하기 쉬울지라도. 영화가 날이 밝도록 아무것도 보여주지 않는다고 권태로워지기도 할 것이다. 적지 않은 프랑스 비평가들이 이 영화를 분석하며, 제대로 보이지 않는 것에서 그나마 들리는 것으로 주의를 치환하여, 영상이 아니라 현악기의 음향에 치중한 것은 이 점에서 놀랍지 않다.[21] 작가가 별다른 것을 보여주지 않았다기보다는 그들이 보려 하지 않아 보지 못한 것이 이 그림자극 안에 있기 때문이기도 하다. 쓰레기만은 아니다. 우리는 눈을 비비고 그것을 보아야 한다.

그리하여, 뒤라스의 영상에서 새벽의 쓰레기라는 비가시성에서 가시성으로 이행하는 현상과 사물에 주의를 기울이다 보면, 날이 푸르스름하게 밝아옴에 따라, 도시의 거리에 한두 사람이 출몰하는 것을 인지할 수 있다. 그들은 길바닥의 쓰레기를 쓸고, 봉투를 수거하고, 덤프트럭에 싣는다. 검은 얼굴에 똑같은 복장으로.

파리의 새벽은 이주 노동자의 시간이다. 과거 프랑스의 식민 지배를 받은 국가들에서 이주한 유색인종 소수자들이 누구보다 이르게 깨어나 일하는 시간이다. 이들과 함께 경각해야만 이 새벽의 역사적이고 정치적인 시간성을 안다. 그만큼 이들의 실존과 행위는 여러 층위의 비가시성으로 중첩되었다. 이들은 프랑스인들이 식민 지배와 착취로 부를 축적하고 그것을 대량 소비로써 과시하는 장소에서 보이지 않는 시간에 보이지 않는 주체로서 보이지 않는 노동을 수행한다. 쓰레기 수거와 청소는 보이지 않아야 할 것을 보이지 않게 하는 일이다. 매일의 세계에서 과거의 잔여를 소제하여 공백을 복구하는 일이다. 마치 아무것도 없었다는 듯. 어떤 더러운 사건도 일어나지 않았다는 듯. 보이지 않는 손으로. 흔적 없게. 자취 없게. 공백을 완수한 다음 스스로 공백이 된다. 박명의 푸른 그늘 아래 실존하는데도 제대로 지각되지 않다가, 아침의 하얀 빛 아래 결국 프레임 바깥으로 사라진다. 이들이 어디론가 숨은 다음에야 파리지앵들이 나타나 부산하게 거리를 채울 것이다. 그리하여 뒤라스는 새벽과 그것을 뒤잇는 아침의 위계적 역학에 대하여 이렇게 증언하기도 했다. "아침 7시에 내가 문득 처하게 된 곳은 식민에 관한 인류의 자료 한가운데였다."[22] "파리는 이 시간에 우리의 것이 아니다. 이 사람들, 은행, 거리, 상점을 청소하는 사람들은 8시에 완전히 사라진다. 이때 우리가 그 자리를 차지한다."[23]

　　뒤라스는 새벽의 파리 풍경과 노동하는 흑인 이주자들의 신체에 직접 낭독한 시적 텍스트를 보이스오버로 덧입혔다. 낭독은 제목이기도 한 음화의 손(main négative)을 간략하게 설명하는 데서 시작한다. 음화의 손은 구석기인이 동굴 벽에 남긴 손 이미지를 지칭하는 인류학 및 고고학 용어이다. 양화의 손과 짝을 이룬다. 둘을 아울러 손 스텐실(hand stencil)이라 하기도 한다. 양화의 손은 손바닥에 안료를 칠하고 벽에 대어 찍은

자국을 가리킨다. 반면, 음화의 손을 만들려면, 우선 입에 색깔 있는 흙가루를 섞은 물을 머금은 다음, 맨손을 활짝 펴 벽에 대고, 손 주변에 불어 뿌려야 한다. 안료 뿌리개로 가느다란 갈대나 새의 뼈 같은 대롱형 도구를 사용했을 수도 있다.[24] 벽에서 손을 떼면 손 바깥으로 색 입자의 윤곽만 남고 손이 닿았던 자리는 무색으로 깨끗하게 비어 나타날 것이다.

유럽에서 음화의 손은 스페인 북서부 대서양 연안의 말트라비에소 동굴, 엘 카스티요 동굴, 알타미라 동굴, 프랑스 쇼베 동굴, 가르가스 동굴, 코스키에 동굴, 페슈 메를 동굴, 그리고 이탈리아 푸마네 동굴 등에서 발견되었다. 손자국이 한두 개만 찍힌 동굴도 있지만, 가르가스 동굴에는 무려 200개가 넘고, 말트라비에소 동굴과 엘 카스티요 동굴에서도 70-80여 개가 발견되었다. 가장 최근의 연구 결과에 따르면, 엘 카스티요 동굴의 손자국은 약 37,000년 전에, 그리고 가르가스 동굴과 코스키에 동굴의 것은 약 22,000-29,000년 전에 제작되었다고 계측되었다.[25] 손자국 수십 수백 개가 발견된 동굴에서 그것들은 특정 시기에 집중적으로 찍혔다기보다 수천 년에서 만여 년에 이르는 기간 동안 겹쳐 찍혔다. 그 동굴에 인류가 여러 세대를 거듭하여 드나들었다는 뜻이다. 뒤라스는 1950년대 말에 스페인 여행에서 알타미라 동굴의 손자국을 본 적이 있다고 한다.[26] 알타미라 동굴의 손자국은 후기 구석기시대 오

리냐크 문화의 것으로 적어도 26,000년 전에 만들어졌다고 추정된다.[27]

뒤라스는 음화의 손이 약 12,000-17,000년 전 후기 구석기시대 마들렌 문화의 산물이라 했다가 30,000년 전의 것이라고도 하며 부정확한 정보를 전한다. 손바닥에 물감을 묻혀 찍기를 음화의 손 제작 방식이라 착각하기도 했다. 안료의 색도 검붉은 계열이 아니라 검고 푸르다고 잘못 말했다. 음과 양, 적과 청, 시각적 이분법의 체계를 뒤바꾸는 착오는 그 자체로 흥미롭고 의미심장하지만 일단 차치하기로 하자. 뒤라스가 우리에게 환기시키는 본질적으로 중요한 사실은, 이처럼 유럽의 동굴에 자기 이미지를 기입한 사람들은 수백만 년 전 아프리카에서 발원하여 유라시아로 북상한 고인류의 후손이라는 점이다. 따라서 당연하게도 현생 유럽인은 피부색에 상관없이 모두 아프리카에서 이주한 조상을 갖는다는 것이다.

남자는 혼자 왔다, 바다를 마주한
동굴에

(…)

아무도 더는 듣지 않을 것이다

보지 않을 것이다

30,000년
검은 이 손들을

(…)

그 너머로 유럽의 숲들이
끝없이[28]

그렇다면 그들은 왜 동굴 벽에 손자국을 남겼을까. 학계의 가설은 여전히 분분하다. 제의적 행위였을 것이다, 자기의 현존을 증명했을 것이다, 암면 벽화 옆에 서명으로써 남겼을 것이다, 인류의 예술 정신의 기원이다, 아니다, 단순한 자국에 불과하며 상징적 예술 행위라 할 수 없다⋯ 어떤 철학적 해석일지라도 시대착오를 피할 수 없으며 결정적 권위를 주장하지 못한다. 달리 말하자면, 인류학과 고고학에 문외한일지라도 누구나 공백의 손에 자기의 상상과 가설을 투영할 수 있다. 내가 꿈속에서 그것을 새의 부리로, 국화과 식물의 하얀 꽃잎으로, 하얗게 마른 비늘로 채웠듯.

동굴 벽에 손자국을 남기는 사람의 마음에 대하여. 뒤라스의 답은 그가 타인을 사랑하는 자로서 스스로를 인식하기 때문이다.

나는 부르는 사람이다

(…)

나는 외친다, 너를 사랑하고 싶다고, 너를 사랑한다고

(…)

이름이 있는 너여, 정체성을 부여받은 너여, 나는 무한
정의 사랑으로 너를 사랑한다

(…)

나는 너보다 더 멀리 너를 사랑한다

(…)

30,000년 전부터 나는 하얀 유령 바다 앞에서 외친다

나는 너를 사랑할 것이라 외치는 사람이다, 너를[29]

수만 년 전 아프리카를 떠나 유럽의 바닷가에 다다른 사람은 수만 년 후 그곳에 존재할 누군가를 그린다. 먼 장소로부터 와서 먼 시간의 타인을 외쳐 부른다. 수만 년 동안 메아리로 울려 전해져야 하나 금세 공기 속으로 사라지고 말 목소리로. 그러며 홀로 손의 공백을 남긴다.

이에 따라 〈음화의 손〉에는 시간대, 장소, 인간의 삶이 두 층위에서 병행한다. 우리가 영상에서 보는 것은 탈식민 시대에 아프리카에서 유럽 대도시로 이주한 동시대 흑인들의 노동하는 삶이다. 반면, 우리가 음향으로 듣고 상상하는 것은 기후 변화에 따라 아프리카에서 유럽의 삼림으로 수백만 년에 걸쳐 이루어진 인류 대이동 및 그 궤적과 진화를 증언하는 행위로서의 예술이다. 이미지와 텍스트는 일견 괴리된 듯하지만 아프리카에서 유럽으로 이주한 주체의 차원에서 결국 접합한다. 뒤라스는 식민 지배국 수도의 새벽을 배경으로 소수자로서의 유색인 이주 노동자를 재현하면서 이들의 실존과 행위가 어떻게 비가시화되는지 폭로하는 데 그치지 않는다. 뒤라스는 유럽의 동굴에 손자국을 남긴 아프리카계 고인류의 후손과 오늘날 유럽에서 손으로 노동하는 아프리카계 이주자들을 등치시키며 이들을 예술과 사랑의 역량을 지닌 감성의 주체로서 인식하고 호명한다. 나아가, 현생 유럽인은 아프리카에서 대이동한 고인류의 후손인 만큼, 이미지와 텍스트 사이 아나

크로니즘을 무릅쓴 수만 년 시간의 압축을 통해, 새벽의 이주 노동자는 아침의 프랑스인에게 국경과 인종의 타자가 아니라는 사실을 일깨워 보여준다.

나는 뒤라스 덕분에 음화의 손을 처음 알게 되었다. 그리고 뒤라스의 영화를 지나 동굴 벽 수만 년 동안 고요한 무색의 손 이미지 자체에 이끌려서 틈나는 대로 자료를 찾아보았다. 공부할수록 매혹적이고도 고무적인 사실들이 발굴되었다. 음화의 손은 유럽뿐만 아니라 아르헨티나, 인도네시아, 오스트레일리아 등지 세계 곳곳에 존재한다. 인도네시아 마로스-팡켑 카르스트의 손자국은 무려 약 40,000년 전에 만들어졌다고 측정되었다.[30] 엘 카스티요 동굴의 것보다 앞선다. 이로써 그간 유럽인들이 주도한 고고학계에서 은연중 인류 예술의 기원은 유럽에 있다고 전제하는 관점이 지지받을 수 없게 되었다. 학계의 편향성은 인종뿐만 아니라 젠더에도 작용한다. 남성 학자들 위주의 학계에서 선사시대의 동굴 벽화와 조각물의 작자는 엄밀한 실증 조사 없이 무조건 남성으로 전제되고 대표되어왔고, 뒤라스 역시 〈음화의 손〉 텍스트에서 고독한 남성 주체의 목소리를 내세웠다. 그러나 최근 고인류 화석에 기반한 조사 결과에 따르면, 스페인과 프랑스의 8개 동굴 32개 손자국 중 75퍼센트가 여성의 것으로 판명되었다.[31] 음화의 손자국들 중에는 손가락 마디가 모자란 형상도 있다. 그것을 비장애중심주의의 선입견에 따라 부정적으로 속단하기를 지양하고 손가락이 잘렸거나 굽은 손이 당시의 문화에서 무엇을 표상하고 어떤 기능을 수행했을지, 예를 들어 숫자 세기처럼, 새로 상상하고 해석하려는 시도도 있다.[32]

〈음화의 손〉 영상은 온라인에서 비교적 쉽게 찾아볼 수 있다. 문제는 외국어의 장벽일 뿐. 나는 내가 열광적으로 좋아한다는 이유만으로 아무에게나 자막 없는 외국 영화를 보라고 강권할 만큼 뻔뻔스러운 무뢰한이 아니다. 하지만 마치 동굴 속 그늘에 가려진 작은 손의 흔적만큼이나 잘 보이지 않는 이처럼 중요하고 아름다운 작품을 나만 알기에는 너무 아까우니까, 수업이라는 공적 지식 공유의 상황에서 적극적으로 소개한다. 아름다움을 효과적으로 전하고 설득하려면 남모르는 시간과 성의를 들여야 하므로 미리 스크립트를 직접 번역해두기도 했다. 교육용 자료라는 미명으로. 고백하자면, 나는 이 비밀 문서를 같이 낭독할 사람을 학교 밖에서도 기다린다. 한 사람이 모호의 물결과 숲 너머 수만 년 후에 도래할 다른 사람에게 말을 걸듯. 저기, 내가 번역한 게 있는데, 저작권 법의 바깥에서, 너무 아름다운 거야, 자칫 잘못이라는 것 알아, 그러니 대낮의 공중에 함부로 떠들어 보이지 말고, 우리끼리의 어둠 속에서라면. 서로를 신뢰하며 즉흥에 몸 던지기를 무서워하지 않는 사람들이 있지 않은가. 너도 그러한가. 즉흥의 공동체는 가시와 비가시 사이, 어색과 친밀 사이, 말의 아낌과 환대 사이 어딘가 페눔브라의 일시적 장소를 짓는 데 능하다. 그곳에 모여서 아주 잠시나마 역사, 정치, 미의 이야기를 나누고 곧장 사라져버릴 얼굴들을 나는 늘 그린다. 꿈을 꾸기 며칠 전에도 수업에서 뒤라스의 〈아가타와 끝없는 읽기〉(1981)에 이어 〈음화의 손〉을 보여주었었다. 꿈에 그 잔영이 새와 꽃잎과 비늘의 번역서로 등장한 것이다.

*

새벽의 파리에서 구석기시대 동굴까지. 멀리도 왔다. 꿈의 제책소로 다시 돌아가자. 그동안 어떤 책들을 만들었는지 정리하고자 선반을 둘러본다.

마침 동굴처럼 생긴 책이 있다. 동굴 속 가장 깊은 첫머리는 뜨거운 불덩이가 점유했다. 그것에서 멀어지려 입출구 쪽의 마지막 부분만 읽었다.

그런데 우리는 동굴을 어떻게 읽나.

꿈 꾸기 며칠 전 동굴학(speleology)이라는 단어를 다시 찾아보았었다. 유령(specter)과 흡사하다 여겼다.

유령이라니. 존경하는 사람이 인자한 풍모로 나타났다. 나는 그에게 『나자』의 화자가 스스로를 유령화하는 방식에 대해 이야기하고, 길고 붉은 세상에 존재하지 않는 화집에 서명을 부탁했다. 그는 문자이자 그림인 멋진 이름을 한 페이지 가득 그려주었다.

책인데 체 같은 책도 있다. 책에 최종의 말들을 인쇄하기 전에 무수한 초고, 다시 쓴 말, 고친 말, 지운 말, 덧붙인 말, 덧입힌 말들이 생겨난다. 이 책을 읽으면 그 말들이 고운 체에서처럼 하얗게 떨어져 쌓인다. 그리고 이 책은 바로 이렇게 최종의 말들 이전의 말들을 체로 치는 이야기를 담고 있다.

어떤 책은 봉투 여러 겹을 제본했다. 봉투의 한 면은 불투명 종이이고 다른 면은 투명 비밀이다. 봉투에는 삽화가 들었다. 책을 읽는 사람은 삽화를 꺼내 재배열하면서 이야기를 자기 마음대로 다시 만들 수 있다.
투명 비닐을 투명 비밀로 잘못 표기했다. 그러나 지우고 다시 쓸 수는 없는데, 꿈의 책에는 이러한 실수마저 다 기록되기 때문이다.

*

독특한 책이 하나 더 있다. 막대자 형태의 경전이다. 경전의 비의적 글자 하나하나마다 눈금이다. 자에 글자를 세밀하게 새기는 일과 그것으로 세상을 재는 일

자체가 구도였다. 자에 닿은 사물은 그 글자 눈금의 폭
만큼 의미를 획득함은 물론이었다.

누군가 일본에서 신기한 물건을 사 왔다. 1967-
1969년에 유명한 B급 장르소설 낡은 것을 스크랩북에
붙이고 장식해서 자기만의 책으로 재구성한 팬 아트였
다. 우리는 그것을 현실 정치와 언어학을 논하는 모임
에서 돌려보았다.

어느 날에는 플레이아드 판본의 보들레르를 펼쳤
다. 종잇장 사이에 색깔 다른 꽃 세 송이가 책갈피처럼
숨어 있다 확 부풀어 피었다. 귀한 책에 밑줄을 치며 읽
는다고 R.이 무어라 나무랐다.

*

집의 책들을 다 처분할까 고민하는 찰나 그것들은
각각 자개빛 물고기 비늘로 변한다.

*

예전에 보았던 어떤 책이 기억나, 다시 보려는 마
음에 찾으면, 세상에 존재하지 않는 것이라 판명될 때
가 있다. 예를 들어, 2002년 파리 지베르 조제프 서점

가판대에서 보았던 『파우스트』 장정본이 그렇다. 괴테의 원작을 네르발이 번역하고 귀스타브 도레가 삽화를 그린, 환상의 트리오. 내 호주머니 형편에는 조금 벅차서 살까 말까 오래 망설이다 결국 매대에 다시 놓았던, 붉은 직물로 마감한 하드커버에 흰 종이 표지를 덧씌운 커다랗고 아름다운 책.

십수 년이 지나 오래 아쉬워하던 책을 구입하기로 마음먹고 인터넷 중고서점을 검색했지만 아무리 찾아도 발견할 수 없었다. 그러다 마침내 경악할 만한 사실을 알아냈다. 도레는 『파우스트』의 삽화를 전혀 그리지 않았으며, 그것은 후세의 애호가나 연구자 들이 여전히 애석하게 여기는, 그의 작품 세계의 중대한 결여라고.

그렇다면 내가 본 책은 무엇인가. 책이 놓여 있던 장소와 책의 형상과 내 손에 감각된 두께와 무게 모두 기억에 생생한데. 유령인가.

N.의 단편도 그렇다. 분명히 읽었으며 몇몇 장면과 어구는 디테일까지 기억하는데 찾아낼 수 없다. 예를 들어, 시장에서 산 봄 과일의 모양에 대한 묘사, 그리고 전철에서 내려 집으로 돌아오기까지 거리 풍경과 교회의 빈 뜨락. 백일몽의 책에서 촉발된 다른 기억으로 인해 나는 무어라 길게 풀어내기 어려운 복합적인 감정의 소용돌이에 빠진다. 나는 또 오독을 저지른 것인가. 아니면, 언젠가 한 번은 반드시 통과해야 하는 이 심연

으로 나를 인도하기 위해 내 무의식의 눈과 손은 그 텍스트를 일부러 찾아내지 않고 있는 것인가. 복잡하게 얽힌 감정이 한 가닥씩 풀리고 나면 자기 자리에 언제나 이미 있는 그것은 비로소 내게 보이게 될지도. 그렇다면 견딜 만한 불안. 그것도 아니라면, 오래전 내 앞에 단 한 번 반짝였던 그 텍스트는 제 소임을 다하고 자신이 생성되어 나온 언어 이전의 장소로 되돌아갔는지도. 다시 나타나지 않을지도. 여전히 생생한 몇몇 단어와 결말부를 때때로 떠올리고 더듬을 뿐, 굳이 되찾아 읽지 않는 것이 예의일지도. 문학과 맹점. 글쓰기는 언어의 구멍과 심연의 윤곽을 더듬어 그리는 작업이고, 텍스트는 그 명멸하는 맹점들의 성글거나 촘촘한 조직체라면. 나는 맹점을 읽는다. 또는 읽지 않는다. 우리는 맹목으로 만나고 말한다. 또는 말하지 않는다.

*

읽은 것을 말할 수 있게 되기까지는 모호와 막연을 지나야 해서. 읽은 것을 말하기란 지식이나 문장술보다는 몸의 가소성의 문제여서. 읽은 것의 힘에 기꺼이 나를 내맡기는 일이어서. 그런데 힘 있는 것은 우선은 부수니까. 읽기 전의 입과 손이 망가지면 새 입이 뚫리고 새 손이 돋아나기 전까지는 아무 말도 나오지 않으니까. 자비롭고 힘센 것은 그러나 나를 망가뜨리면서 새 입과 새 손을 선물해주니까. 모호는 새 몸을 만드는 거푸집이어서. 막연은 새 몸을 만드는 시간이어서. 읽는 사람은 읽을 때마다 그렇게 자기를 부수고 새로 만들어나가는데. 읽은 것으로써 자기 조형을 번복하고 단련을 반복하는 게 그에게는 생이어서. 읽은 것을 닮아 모호해지고 막연해지기 외에는 다른 사랑의 방법은 알지 못해서. 모호와 막연이야말로 언어의 자비여서. 선물이어서. 힘이어서.

문득 알고 싶다. 혀는 어떻게 생겨날까.

새
손
님

겨
울

2019년 12월 22일의 꿈

열대야에서 상충하는 소금과 설탕. 너는 나와 입 맞추고 있는 줄
알겠지만 네가 안은 것은 사실은 한 마리 새란다.

2019년 12월 28일의 꿈

손가락 끝 지문에서 아주 얇고 가벼운 피막들이 분리되었다.
이미지 자체처럼 아무런 두께와 무게가 없었다. 작은 새의
숨결의 유령 같기도, 연약한 곤충의 반투명한 속날개 같기도
했다. 너에게 조금 날려 보내고 싶었지만, 갓 만들어진 거라
촉촉하고 끈적해서, 네가 불쾌해할까 봐 걱정되었다.

2019년 12월 29일의 꿈

새들에게 포도주를 모이로 주었다. 새들이 어떻게 만든 것인지
못 믿겠다며 공정을 요구했다. 나는 디드로와 달랑베르의
『백과전서』 도판집을 펼쳐 포도주 제조법을 보여주었다. 포도를
수확하고, 압착하고, 발효시키는 인간의 노동마다 새들의
도움이 있었다.

2020년 4월 11일의 꿈

손바닥보다 작은 고양이 세 마리를 받았다. 고양이 등에는
그보다 더 작은 거북이, 새, 달팽이, 그 외 다른 동물들이
올려져 있었다. 동물들은 너무나 연약해서, 외피는 젤리처럼
반투명하고 말랑하고, 새에게는 깃털도 없었다. 동물들이
어쩌면 이렇게 작을 수 있을까요. 작은 동물들을 낳는 새가
있으니까요. 내 물음에 어떤 이가 대답하며 배가 희고 깃털 색이
예쁜 새를 보여주었다. 새는 공심채 씨앗 같은 조그만 알을 아주
많이 품고 있었다. 귀를 대니 알마다 작은 자갈돌 부딪히는
소리로 심장박동의 합창을 했다.

숲으로 면한 공부방의 큰 창은 집이 쉼터이자 일터여서 거의 온종일 실내에서 생활하는 자에게 대도시 안에 자연이 존속한다는 현실을 끊임없이 일깨우는 장치이다. 창밖의 자연을 마치 풍경화처럼 무해한 심미적 관상의 대상으로 오인하면 안 된다. 관상은 거리를 전제한다. 자연에 대한 인간의 통제력을 자신하는 행위다. 그러나 자연은 인간이 자의적으로 설정한 거리를 모른다. 자연은 아무리 축소되고 길들여졌을지라도, 일말의 생성력을 간직한 한, 인간이 자연을 제거한 토대 위에 짓고 지키려는 생활권으로 들어오려 한다. 인간의 관점에서 자연의 귀환은 급습, 침범, 잠입 같은 무법의 사건으로, 혹은 선물을 동반한 방문 같은 우호적인 만남으로 여겨질 수 있다. 그러나 자연으로서는 본래 그것 자신이었던 장소를 탈환하는 것이며 본래 그것 자신이었던 성질을 복원하는 것일 뿐이다.

창은 자연과 내가 때로는 폭력적으로 때로는 우애롭게 서로의 실존을 체감하는 접면이다. 내게 주어진 창을 통해 나는 자연계 전체에서 일어나는 무수하고 복잡한 사건들의 일부를 실감하고 체험한다. 숲과 경계한 사람의 방은 자연계 사건의 표본실이 된다.

가령 큰 직사각 화분에 흙만 채우고는 창밖에 방치한 적이 있다. 무엇이든 나중에 심겠다고 게으름을 피웠더니, 숲에서 바람결에 풀씨들이 날아와, 어느새 애기똥풀, 강아지풀, 서양등골나물, 망초, 개망초, 나비

사랑초가 제법 풍성한 작은 생태계를 이루었다. 사람의 손을 타지 않고서 토종 식물에 외래종과 생태계교란종이 섞여 섬세하고 기이한 야생이 새로 태어났다. 잡초들이 스스로 일군 조경이 내 눈에는 피에트 우돌프의 정원 못지않게 아름다우므로 화분에서 그것들을 제거하고 다른 식물을 심을 까닭이 사라진다. 따뜻한 계절에는 빛과 바람과 비에 치자, 장미, 동백, 수국, 한라봉을 내놓아 길렀다. 한라봉 잎사귀에 호랑나비가 알을 낳기도 하고 흙 그늘에서 버섯이 피어나기도 했다. 화초와 잡풀 틈에서 사마귀가 노닐다가 방으로 입장하여 의자를 무대 삼아 춤을 추기도 한다. 사마귀의 형태와 동작이 얼마나 유려하고 우아한지, 춤은 얼마나 절도 있고 고혹적인지, 꼭 보여주고 싶다. 위의 문장들을 실사에 근거하여 생생하게 쓰기 위해 잠시 창을 연 조금 전에는 줄베짱이가 풀쩍 뛰어들어 소매에 달라붙었다. 창밖 축대를 뚫고 자란 누리장나무에서 거미줄이 날려와 난간에 붙었고, 며칠 뒤, 원형 레이스 식탁보처럼 크고 멋진 거미집이 완성되었다. 숲과 내가 더 긴밀하게 이어졌다. 풀잠자리와 사마귀와 베짱이에게는 탐탁지 않겠지만.

창 아래 좁은 뒤뜰에서도 소소하지만 이상한 사건이 발생한다. 이웃들과 합심하여 고양이 세 마리의 집 근처에 모기 퇴치용 제라늄 화분을 여러 개 놓아주었는데, 제대로 돌보지 않아 시든 제라늄을 대신하여, 수크

100

령, 망초, 괭이밥 같은 흔한 풀 말고도 아무도 심은 적 없는 짙노란 메리골드 덤불이 수북하게 자라난다거나, 닭의장풀이 관상용 화초처럼 화려한 자태로 우거진다거나, 나리꽃 줄기가 솟는다거나. 우리는 고양이들이 숲을 산책하거나 남의 집 화단을 돌아다니다 씨를 묻혀 왔을 거라 추측한다. 아랫집 이웃이 뒤뜰 앞 창가에 놓고 키우는 화분에서는 어느 날인가부터 커피나무의 둥치를 타고 가녀린 진초록 넝쿨이 돌아 기어오른다. 우리는 그것을 나팔꽃이라 여겨 어떻게 생겨났는지 의아해한다. 나중에야 마 덩굴이라는 사실을 알고 더더욱 놀란다.

즐거운 일만 있지는 않다. 특히 2020년은 기묘한 해였다. 봄에는 송홧가루가 날아들어 창가의 책상과 선반이 샛노랬다. 초여름의 저녁에는 검은날개버섯파리가 발생하여 방충망을 뚫고 들어와 방바닥에서 새카맣게 떼죽음을 죽었다. 초가을까지 50여 일 넘게 이어진 장마에 실내 전체가 푸르고 희고 검은 곰팡이에 뒤덮이기도 했다. 빗줄기가 세차게 내리쏟는 밤낮으로 산에서 새 울음 곤충 울음이 절박했다. 죽기 전에 짝을 찾는지 비 피할 곳을 찾는지. 밤새 퍼붓는 비에도 매미가 울었다. 모두 예년에 없던 현상이다. 미친 시절이었다.

숲과 창 사이에서 발생하는 사건 표본들로 인해 나는 배웠다. 정원과 화단에서는 사람의 계획을 위반하며 바람과 동물이 제멋대로의 큰일을 한다는 것. 그렇게 인간의 통제가 힘을 잃는 지점에서 비로소 생태 다양성이 증강한다는 것. 그리고 인간의 실내에 언제든 낯선 야생이 잠입할 뿐만 아니라, 자연이 이미 인간 활동의 결과여서, 급변하는 기후의 숲에서 외래의 이질적 생체들이 토박이들과 작용과 영향을 주고받으며 새로운 자연사를 쓰고 있다는 것.

*

숲에서 창으로 풀씨, 꽃가루, 곤충, 곰팡이와 버섯 포자뿐만 아니라 새도 찾아온다.

*

11월 어느 날 창가의 동백에 까치가 날아와 흙을 쪼았다. 오래 머물지 않고 난간을 쫑쫑쫑 서성이다 날아갔다. 먹이를 찾는 듯하여 모이 그릇을 설치하고 까치 밥을 내놓고 싶어졌다. 새 모이로 무엇이 적당한지 몰라 못생긴 도기에 우선 묵은 차조와 아마씨 한 줌을 쏟았다.

모이 그릇은 한동안 그대로였다. 새들이 여기에 모이가 있다는 것을 아직 모르는지, 차조와 아마씨를 먹이 삼지 않는지, 사람 사는 곳에는 안 오는 것인지, 더 지켜보기로 한다.

닷새가 지나 그릇 속 차조가 흐트러져 있었다. 새가 다녀간 것이다. 두근거렸다. 외출했다 돌아오니 아마 씨를 뿌린 곳곳에도 부리 자국과 발자국이 움폭 팼다. 저들을 위해 간소하게나마 마련한 것에 반응을 보이니 희열과 의욕이 샘솟았다. 또 오는지 보려고 모이를 평평하게 고른 다음, 땅콩, 호두, 감말랭이도 놓아보았다.

며칠 동안 아무 일 없던 그릇에 다시 닷새가 지나자 견과류만 사라져 있었다.

새는 곤충 애벌레를 잡아먹으며 숲 건강성 유지에 일조한다는 것을 알게 되었다. 새는 몸집이 작기에 눈이 쌓여 열매와 벌레가 파묻히는 겨울에 다른 산동물들보다 먹이 구하기가 특히나 고단하다는 것도. 그러므로 겨울에 사람이 새에게 모이를 준다면 생태계의 항상성을 깨뜨리지 않으며 오히려 새의 겨울나기를 돕는다는 것도.

나는 내 밥으로 누군가를 먹이는 데 순전한 기쁨을 느끼기에, 새들이 내가 주는 모이를 잘 먹고 그 행위가 새들의 생존에 도움이 된다니 무어라 말할 수 없이 벅찼다. 이제 새에게 모이 주기는 내 겨울의 열정이 되었다. 새들의 식성을 맞추려 여러 종류의 모이를 실험하고, 창가에 찾아오는 새들의 특징과 이름을 공부한다.

새들의 모이 선호도는 다음과 같다.

1. 호두: 내놓는 즉시 사라짐.

2. 땅콩, 아몬드: 좋아함.

3. 삶은 병아리콩과 흰강낭콩: 잘 먹음.

4. 차조: 밥이나 빵 같은 재미없지만 일용할 양식.

5. 아마씨: 거의 안 먹음.

6. 삶은 렌틸콩, 밤: 의외로 전혀 안 먹음.

위의 목록에 덧붙여, 감나무에서 감 몇 개는 일부러 안 따고 남겨 까치밥으로 삼는 풍습도 있는데 왜 내 창가의 까치들은 감말랭이에 관심이 없을까. 새들이 과일을 쪼는 까닭은 수분 섭취를 위해서인 것 같다는 추론 끝에, 냉장고에서 오래 묵어 무른 배를 이 빠진 접시에 내놓아본다. 다행히 쪼아 먹은 흔적이 있다. 껍질도 까주는 게 나을까. 시험 삼아 껍질을 반쪽만 깎았다. 과육이 드러난 부분만 먹고 껍질 부분은 그대로였다.

새 모이는 집에 있는 묵은 곡식만 활용하자고 마음먹었었지만, 어쩐지 자꾸만 다른 좋은 것도 주고 싶어져서, 결국 해바라기씨를 샀다. 아주 좋아한다.

새들은 똘똘하다. 어느 해바라기씨가 며칠 동안 햇빛과 찬 공기에 묵었는지, 어느 해바라기씨가 그릇에 새로 부은 것인지, 귀신같이 간파하여 신선한 것 위주로 쏙쏙 잘도 골라 날아간다.

숲속에서 내 거처를 지켜보는 듯, 창을 열면 가느다란 겨울나무 첩첩한 어딘가에서 새들이 신호처럼 날카롭게 지저귀기 시작한다. 얘들아! 저기 쟤 보인다, 우리한테 밥 주는 사람! 창가 가까이 날아와 모이를 쫄 때도 희희낙락 노래한다. 먹는 게 즐거워서인지, 무리를 부르는지.

눈이 내리는 날에는 그릇에 차조와 해바라기씨를 더 많이 담고 그 위에 눈이 쌓여도 그대로 두었다. 숲에서 먹이 구하기가 더 힘들어진 새들이 더 많이 찾아와 창밖이 내내 부산하고 소란스러웠다.

하루는 아주 작고 예쁜 새들이 찾아와 모이를 쪼았다. 검은, 줄무늬, 겨울, 텃새, 온갖 검색어를 동원하여 드디어 이름을 알아냈다. 박새. 참새보다 작다고 한다. 정말이지 너무나 작은 것들이 창밖 누리장나무 가지에 떼 지어 앉아, 여리다, 연약하다, 취약하다 같은 형용사들이 새를 보는 사람의 가슴에 절로 침습하는 듯하다.

새 정보를 검색하면 체중 항목도 있다. 박새 16그램, 동고비 20그램, 참새 24그램… 너희는 얼마나 자그맣고 여린 동물들인 것이냐.

간유리에 모르는 작은 밤색 새가 비치는데 확인할 수 없어 안타까웠다. 창을 열고 환기하는 사이에 또 왔다. 옅은 밤색에 긴 꼬리의 아주 작은 새. 붉은머리오목

눈이를 처음 만났다.

같은 날, 정수리에 까만 깃이 뽀족 서고, 노란 머리에 목도 노랗고, 가슴팍에는 까만 턱받침, 날개는 참새처럼 갈색 결에, 꽁지가 길고, 배는 하얀 새도 찾아온다. 노랑턱멧새라고 한다.

새가 나무에 날아오거나 난간에서 놀면 창의 간유리에 흔들리는 식물과 새의 그림자가 묻는다. 창은 세 폭의 움직이는 수묵화조도가 된다. 창을 열면 나뭇가지와 새의 그림자는 간유리 대신 방 안에 드리운다. 새의 노랫소리만 아니라 날갯짓 소리까지 선물 받는다. 책상 앞 창밖으로 작은 새들이 지저귀며 포로롱 그림자를 어른거리면 마음에 고마움과 평안이 샘솟는다. 저 가벼운 몸짓의 리듬을 글에 담아 닮고 싶다.

해가 중천일 때만 오던 새들이 동지 넘어서는 늦은 오후에도 온다. 낮이 다시 길어질 거라 알리는 전령사 같다. 새들이 창밖에 어른거리면 한동안 나는 모든 동작을 정지했다. 미미한 흔들림에도 포식자의 기척인 양 두려워할까 봐 그랬다. 나는 나를 기꺼이 나무라 여겼다. 나비에게도 그러했듯.

새들이 놀라지 않게, 모이 그릇을 채울 때 창밖에 새 그림자가 안 비치는지 확인한 다음, 조심스럽게 창을 열고, 그릇을 안으로 들여 곡식을 부어 다시 내놓기도 했다. 그러나 어느 날부터는 창을 활짝 열고 밖에서 즉시 채운다. 새들이 여기 사람이 있는데 그 사람만큼은 해롭지 않다는 것을 학습하면 좋겠어서. 투명의 경계로 공생하면 좋겠어서. 다행히, 새들은 포로롱 날아갔다가 다시 더 많이 온다.

방충망을 사이에 두고 새들은 지저귀며 모이를 쪼고 나는 책상 청소를 한다. 새가 오면 모든 동작을 멈추었던 시기는 이제 끝이야. 새님들도 저에게 익숙해지시면 좋겠어요. 저도 제 할 일을 하며 살아야 하거든요. 새들이 내 부산한 몸짓에 아랑곳없이 오래 머무르는 것으로 보아 알아들었다고 생각해.

새들에게 새해 선물로 호두와 땅콩을 듬뿍 주었다. 창문을 열어놓았더니 평소처럼 오래 머무르지 않으면서도 실내의 눈치를 살피며 큰 알갱이들을 잽싸게 쏙쏙 물고 간다.

새벽 일찍 눈을 떴다. 아직 어둑한데도 새가 찾아왔다.

해가 길어졌다. 겨우내 실내에 둔 화분들을 밖으로 내고 마지막 남은 모이를 채웠다. 11월 말부터 지금까지 세 달 동안 차조 두 되를 썼다.

창밖 화분에 박새 여러 마리가 와서 논다. 다시 모이 그릇을 놓을 때가 되었다.

눈이 거의 그친 듯하여 모이 그릇을 다시 창밖에 내놓았건만 그새 또 소복이 쌓였다.

일어나자마자 모이 그릇에서 눈 녹은 물을 털어냈다. 방금 새가 다시 찾아왔다.

간유리 창밖으로 주먹만 한 하얀 새가 어른거린다. 모르는 새다. 첫 손님. 창을 열면 날아갈 테니 무슨 새인지 영영 모를 것이다. 새와 나는 그렇게 있다.

창밖으로 새 그림자가 잽싸게 스친다. 모이 그릇을 놓을 때가 된 것이다.

향낭
사포의

2017년 7월 6일의 꿈

내 손은 양식화된 물결이다. 목판화에서처럼. 레이스에서처럼.
포말은 금구슬 은구슬. 손은 춤추며 나아간다.
강약약약약약약, 강약약약약약약… 8박의 춤으로 다른
방향에서 오는 물결과 만난다.

2017년 10월 7일의 꿈

행사 전까지 대리석 조각 100점을 의뢰받았다. 너에게 연주할
악기의 기능을 숨겨 넣으려 한다.

2020년 8월 21일의 꿈

K.에게서 주문 제작한 향수를 선물 받았다. 납작하고 부드러운
원반형의 간유리 용기 내벽에 향수의 특질과 내게 말하는
문장들이 음각되어 있었다. 문자가 너무 작아서 알아볼 수 있는
단어가 조금밖에 없었다.

2015년 7월 27일의 꿈

소녀가 풀밭에서 빙글빙글 춤추었다. 펼쳐진 치마가 햇빛을
받아 색상환이 되었다. 색상환 한 귀퉁이가 부서지자 글자들이
빽빽하게 채워졌다. 색상환이 날아 너의 귀가 되었다.

사포는 기원전 6세기의 시인이다. 하지만 시인의 명성은 실제 시를 접한 독자들의 감상보다는 그녀를 둘러싼 신화적 풍문에 의존해왔다. 사포의 전기적 정보와 시에 대한 칭송은 그리스와 로마 시대의 문헌에서부터 단편적으로 등장하지만, 파피루스에 기록된 상당량의 시는 20세기 초반에야 발굴되었다. 풍문의 내력은 수천 년이건만 실질적인 독해의 역사는 백 년 남짓뿐. 사포에 관한 사실에 근접하기 위해서는 출처를 따지지 않은 호사가적 방담은 물론이고, 회화, 소설, 영화 등 그녀의 이름과 이미지를 차용해서 통념을 재생산하는 잡다한 2차 저작물들도 걷어버려야 한다.

그리하여 고전 문헌을 직접 해독하고 점검한 학자들의 신뢰할 만한 의견을 종합해보면, 정직하게 말해서, 우리는 사포에 관해 어떤 것도 사실로 확정할 수 없다. 생몰년, 친족 계보, 사인, 게다가 명성의 요체인 성적 지향까지. 엄밀하게는 시도 그렇다. 사포의 시는 뤼라 반주의 노래였는데, 당대의 채록물은 아무것도 남아 있지 않고, 그런 게 존재했는지조차 알 수 없다. 사포 시를 기록한 매체는 파피루스, 양피지, 토기 파편으로, 대부분 시인의 사후 몇 세기가 지난 다음에 만들어졌다. 무수한 구전 세대를 거쳐 겨우 안착한 문자들이 시의 원형을 보존했으리라고 전제할 수는 없다.

시는 과연 문자로 안착했나. 파피루스는 낡아 해졌고, 양피지는 누렇게 바래 찢어졌고, 항아리는 깨졌다.

풍문은 문자의 일부를 문자 그대로 믿고 싶은 마음에서 나와 퍼진다. 시의 목소리가 자기를 주어로 노래하니 그녀는 시인 자신일 테다. 시에서 남매와 딸은 시인의 실제 혈육이었을 테고, 여자들을 아름다이 부르니 연인일 테다. 저명한 문헌에 시인의 가계도 몇 줄이 나와 있으니 받아들이자. 거기서 친부로 추정되는 자 이름을 여덟이나 꼽은 사실에는 눈 감아버리고.

일부를 전체로 믿어 속는 마음은 그렇게 천진한 착시와 눈 감기에서 비롯된다. 넝마 쪼가리에서 여사제의 예복을 보고, 와륵 한 조각으로 웅장한 사원을 건설해내며, 필사한 낱말 하나에서 영혼을 유추하는. 복원의 쾌락을 모를 리가 있겠나. 그럼에도 사실은 무엇인가. 무엇이 사실인가. 너덜하게 풀린 솔기와 구멍이 사실이다. 모서리의 결이야말로 사실이다. 사실은 잉크가 지나간 자국이다.

복원의 심미안은 잠시 잠재우고, 돌이킬 수 없이 잃은 게 있으니 그것 이후를 살아 읽으려 한다면. 알렉산드리아 도서관에는 사포 파피루스가 아홉 두루마리 있었다고 전해지는데, 한 두루마리에 1,300여 행이 적혔다 하고, 도합 10,000여 행 중 오늘날 남은 것은 650행이다. 완벽하게 보존된 시는 단 한 편, 나머지는 전부 파편들. 그 외 고전어 문법서나 시작법서 여기저기에 필경된 인용문 몇 개, 당연히 전부 파편들. 2013년에 새로 발견한 파피루스 몇 점. 한마디로, 한 줌만 남기고 다 바스러지고 다 사라졌다. 외국어 부스러기 앞에서의 심리적 바리케이드를 넘기만 하면, 현존하는 사포 시를 다 읽는 데는 반나절이면 충분하다.

시가 낡는 것은 시간. 시가 삭는 것은 습기, 불, 좀, 곰팡이. 하지만 이런 것들만 시를 망가뜨릴까. 독자 앞에 갓 쓴 시를 가져다준들 그는 그것을 부술 것이다. 읽어가며, 읽은 것을 잊어가며, 몇 편의 인상과 몇 개의 낱말만 남아, 감상과 숙고를 구실로 몇 줄을 오려 베끼며. 읽기는 사실상 강력하게 파괴적인 행위다. 게다가 시인도 자기 시를 온전히 기억할지는 회의적이다. 장기적인 관점에서 시의 파괴는 기억술과 구전의 시대 이후 점점 더 급격하게 진행되고 있다. 문자는 결코 시를 안착시키지 않는다. 시는 암기의 도구이자 대상으로서의 위상이 점점 약해지고, 암기의 책무에서 점점 자유로워진다. 시는 파괴 취약성을 내장하며, 정형의 완결보다는 지속적인 파괴의 국면마다 잔존하는 것들의 배치에서 미를 구한다. 그리고 그 배치는 복원을 목적하지 않는다.

단일한 재질의 어떤 기록물이 수천 년 동안 각종 물리적인 자극에 노출되어 점진적으로 마멸해왔을 때, 용케 잔존하는 쪼가리는 그저 운이 좋았을 따름이지, 그 부분의 내구성이 비교적 강해서라거나 그 위의 말들이 삭아 사라진 말들에 비해 특별히 유의미해서가 아니다. 그 무상한 자의성 때문에라도 사포의 시편들은 파피루스나 양피지 이미지와 함께가 아니라면 제대로 감각할 수 없다. 심각하게 파손된 동식물성 기록물은 희랍어 문외한의 눈에 나무껍질 화석, 고지도 속의 군도, 무념무감의 상태에서 뜯어낸 굳은살, 염습의 베처럼 보이기도. 나아가, 어느 번역본을 읽든, 행과 행, 낱말과 낱말 사이를 무심히 메우지 말 것이며, 공백의 절대성을 존중해야 한다는 경각까지. 달리 말해, 이 생물성 잔해들은 이미 오래전부터 부서져 떠돌다 모인 말들인걸, 독자 마음대로 다시 헤집어 그러모은들 어떠랴, 파괴적 배치의 충동을 허용한다.

파피루스와 양피지는 언어의 잔해이자 음악의 잔해다. 곡조도 잊히고 가사도 희미하게 지워진 고대의 노래에 우리가 여전히 매혹된다면, 그것은 언어에 남은 음악의 흔적이 어떤 정서를 힘차게 환기하기 때문이다. 몇 마디 읊조림에도 갑자기 심장이 고동치거나 온몸이 떨릴 정도로. 단숨에 향연 분위기를 돋우는 제신 찬미가나 결혼축가가 특히 그러한데, 장미, 사프란, 아니스, 유향, 몰약, 계피, 술, 병아리콩 등 맛있고 향기로운 것들이 키타라, 플루트, 뤼라, 캐스터네츠 반주에 맞춰 시편 여기저기에 풍성하게 흩뿌려져 있다. 이때 시마다 험하게 찢겨나갔다는 사실은, 이토록 아름다운 것들의 완벽한 원형을 다시는 읽을 수 없다는 서운함을 초월해서, 그것들이 정형에 옹색하게 갇히지 않고 제멋대로 활기를 발산해서 그런 양, 축제적 사치의 감각을 증폭시킨다. 운율이 유리 향수병처럼 깨지면서, 파편마다 어지러울 정도로 관능적인 말들이 난무한다. 현란하고 화려하다.

　　파피루스의 풀려나간 격자 올에서, 양피지 표면의 주름에서, 무희와 들러리 처녀들의 사른거리는 치맛자락을 떠올리더라도 무리는 아닐 것이다. 시 자체에 직물과 의상이 유달리 자주 등장하기 때문이다. 현존하는 파편들만 읽어보아도 사포는 옷의 감각이 월등한 시인이었으리라 짐작된다. 예를 들어, 그녀는 섬세한 아마사 내의에 감싸여, 그녀의 옷자락을 보면 너는 설레고, 시골 소녀의 누더기는 미처 발목을 덮지 못하건만 너의 마음을 빼앗고. 누더기에서 시의 운명을 예견할 것까지는 없지만. 옷은 유혹한다. 헝겊 조각은 사랑을 촉발하는 매개물이다. 그리하여 이런 구절은 어떤가. 에로스는 자줏빛 클라뮈스를 두르고 강림한다. 클라뮈스는 마치 가리비처럼 자잘하게 주름지며 퍼지는 남성용 겉옷이다. 사랑은 옷을 입고 찾아오는 것이다. 그런데 이 구절을 인용한 고대 문법서에 따르면, 클라뮈스라는 어휘를 처음 사용한 사람은 사포라 한다. 사포를 옷의 시인이라 할 수 있다면, 그것은 그녀가 사물로서의 의복을 시의 감각적 소재로 삼은 데 그치지 않고, 의장의 언어를 발명하고 그것을 시가 되게 했기 때문이다.

　　사랑은 옷을 입히니, 죽음은 헐벗어 애통해하는 것. 아름다운 아도니스가 죽어갈 때 아가씨들은 묻는다. 아

119

프로디테여, 우리는 어찌해야 하나이까. 가슴을 쳐라, 그리고 너희들의 옷을 찢어라. 아가씨들의 찢어진 옷에서 시의 운명을 예견할 것까지는 없지만.

의상뿐만 아니라 장신구도 마음을 홀리기는 마찬가지지만, 어머니의 머리를 묶었던 띠, 머리카락을 감싸는 너울, 머리띠를 고정시키는 핀, 내가 딸에게 줄 수 없는, 화관, 무지갯빛 샌들, 발목을 두르는 끈⋯ 역시 찢어지고, 끊어지고, 떨어져나갔다.

사포 시편들 중에는 엄지손톱만 한 파피루스 쪼가리에 문장은 고사하고 낱말 한두 개만 간신히 잔존하는 것들도 상당하다고 하여,

치마

알록달록한
장난감들

목걸이

풍성한

황금팔찌

아름다운
그리고 옷은

자줏빛

향을 머금은
옷감도

양탄자들

화관을
쓰지 않은

자들에게서

옷자락이 떨어지며

이런 것들이 겨우 남았다. 누더기 위에. 넝마 위에. 떨어진 옷자락 같은 문자들이. 헐벗어.

사포가 발명한 말 하나 더. 그뤼타. γρύτα. 고대 문헌에 따르면, 사포는 향료를 비롯한 장신구를 담는 주머니를 그뤼타라 부른다. 향낭이다. 상자라고도 해석된다. 그러면 향곽일 테다.

그것이 남았다.

단추와 조약돌

『월간 에세이』 2015년 3월호에 수록한 글을 고쳐 썼다.

감광과 잔상

2016년 6월 오뉴월 갤러리에서의 차미혜와 한강 전시회 『소실. 점』
도록에 실은 글을 고쳐 썼다. 차미혜의 영상 〈무연의 아침〉, 〈벤자민의 숲〉,
〈경우의 수〉, 〈가로와 거리〉, 그리고 한강의 퍼포먼스 〈돌. 소금. 얼음〉,
〈배내옷〉, 〈걸음〉, 〈밀봉〉의 묘사가 포함되었다.

[1] Johann Wolfgang von Goethe, "Zur Farbenlehre," *Goethes Werke 13: Naturwissenschaftliche Schriften 1*, C. H. Beck, 2002, p. 341.
[2] Pascal Quignard, *La Haine de la musique*, Gallimard, 1996, p. 13.
[3] *Ibid.*, p. 17.
[4] 한강, 『흰』, 난다, 2016, 104쪽 참조.
[5] 같은 책, 29-31쪽 참조.
[6] 같은 책, 21쪽 참조.

마카판스갓의 조약돌

[7] Linda M. Hurcombe, *Archaeological Artefacts as Material Culture*, Routledge, 2007, pp. 4-7 참조.
[8] John H. Langdon, *The Science of Human Evolution: Getting It Right*, Springer, 2016, p. 88 참조.
[9] Robert G. Bednarik, "The 'Australopithecine' Cobble from Makapansgat, South Africa," *South African Archaeological Bulletin*, vol. 53, 1998, p. 5 참조.
[10] W. I. Eitzman, "Reminiscences of Makapansgat Limeworks and Its Bone-Breccial Layers," *South African Journal of Science*, vol. 54, July 1958, pp. 177-178 참조.
[11] *Ibid.*, p. 178.
[12] *Ibid.*, p. 181-182.
[13] Raymond A. Dart, "The Waterworn Australopithecine Pebble of Many Faces from Makapansgat," *South African Journal of Science*, vol. 70, June 1974, p. 168 참조.

[14] Robert G. Bednarik, *op. cit.*, pp. 5-6 참조.

[15] Raymond A. Dart, *op. cit.*, p. 168.

[16] *Ibid.*

[17] https://www.moma.org/collection/works/100210 참조.

[18] Robert Gober, "Interview," in Lane Relyea et al. eds., *Vija Celmins*, Phaidon, pp. 25-30 참조.

[19] https://www.metmuseum.org/press/exhibitions/2019/vija-celmins 참조.

백일몽의 서가

[20] 이 꿈은 다음 글에서 옮겨왔다. 윤경희, 「Plastic Poetry, Something like Rap Music or Vinyl Records」, 『문학과사회』 2013년 봄호, 474-475쪽.

[21] Stéphane Patrice, "Duras filme, la confusion des temps," in André Benhaïm and Michel Lantelme, *Écrivains de la préhistoire*, Le Mirail UP, Toulouse, 2004, pp. 129-131 참조.

[22] Marguerite Duras, "Propos," *Marguerite Duras, Œuvres cinématographiques*, quoted in Stéphane Patrice, *op. cit.*, p. 140.

[23] Marguerite Duras, *Les Yeux verts*, Éditions de l'Étoile/Cahiers du cinéma, pp. 124-125, quoted in Renate Günther, *Marguerite Duras*, Manchester UP, 2002, p. 89.

[24] Georges Bataille, "Lascaux ou la naissance de l'art," *Œuvres complètes IX*, Gallimard, 1979, p. 93 참조.

[25] A. W. G. Pike, et al., "U-Series Dating of Paleolithic Art in 11 Caves in Spain," *Science*, vol. 336, no. 6087, 15 June 2012, pp. 1409-1413 참조.

[26] Laure Adler, *Marguerite Duras*, Gallimard, 1998, p. 717 참조.

[27] P. Pettitt, et al., "Are Hand Stencils in European Cave Art Older than We Think? An Evaluation of the Existing Data and Their Potential Implications," in Primitiva Bueno-Ramírez and Paul G. Bahn, eds., *Prehistoric Art as Prehistoric Culture*, Archaeopress, 2015, p. 40 참조.

[28] Marguerite Duras, "Les Mains négatives," *Le Navire Night et autres textes*, Gallimard, 1986, pp. 96, 98, 99.

[29] *Ibid.*, pp. 97, 99, 100, 101.

[30] M. Aubert, et al., "Pleistocene Cave Art from Sulawesi, Indonesia," *Nature*, no. 514, 8 October 2014, pp. 223-227 참조.

[31] Dean R. Snow, "Sexual Dimorphism in European Upper Paleolithic Cave Art," *American Antiquity*, vol. 78, no. 4, October 2013, pp. 746-761 참조.

[32] André Rouillon, "Au Gravettien, dans la Grotte Cosquer(Marseille, Bouches-du-Rhône), l'homme a-t-il compté sur ses doigts?", *L'Anthropologie*, vol. 110, no. 4, October-November 2006, pp. 500-509 참조.

사포의 향낭

2015년 3월 이인성 홈페이지 〈낯선 소설의 집〉에 수록한 글을 고쳐 썼다. 본문에 사포 시 구절들을 옮기는 데 다음 두 문헌을 참조했다. David A. Cambell, ed. and trans., *Greek Lyric I: Sappho and Alcaeus*, Harvard UP, 1990; Anne Carson, trans., *If Not, Winter: Fragments of Sappho*, Virago, 2002.

말들의 흐름 9

그림자와 새벽
Shadows and Dawn

1판 1쇄 펴냄 · 2022년 12월 7일
1판 3쇄 펴냄 · 2023년 1월 10일

지은이 · 윤경희
펴낸이 · 최선혜

편집 · 최선혜
디자인 · 나종위
인쇄 및 제책 · 스크린그래픽

펴낸곳 · 시간의흐름
출판등록 · 제2017-000066호
주소 · 서울시 마포구 토정로 33
Email · deltatime.co@gmail.com

ISBN   979-11-90999-11-3 04810
       979-11-965171-5-1(세트)